拍拍翅膀回台南

寫給女兒與安平的情書

盧建彰 Kurt Lu ——著

顧顧&盧建彰的序

悠遊臺南，快樂不難

◎願願

歡迎光臨我的老家臺南，這裡有好喝的牛肉湯、奇美博物館、國立臺灣歷史博物館、台江國家公園、臺南孔廟、英商德記洋行等等，是不是光記這些頭就痛了呢？不只這些呢！這些我光說牛肉湯可能兩天都說不完呢！但你們好像很想知道那是什麼，那我就特別跟你們說吧！快跟上我的腳步，一起探索臺南的世界吧！

每次回我的老家臺南時，都一定會去喝牛肉湯，我跟你說喔！是每一個早上喔！你是不是很想和我一樣呢？那讓我和你說我喝牛肉湯的方法吧！首先，在等牛肉湯時，如果那家店可以自己盛飯的話，先盛一點飯，這時牛肉湯應該好了，你可以先把一點湯淋在飯上，接著，拌一拌，加上一塊肉，就可以吃了，是不是很簡單呢！快來試試這個吃法吧！

不只這樣，臺南還有許多我沒說到的東西呢！你也有什麼自己發明吃喝玩樂方法的經驗嗎？快來和我分享喔！

（本文作者即為本書頻繁出現的「願願」，準備升小學四年級）

Ruth White 白鷺鷥

◎盧建彰

我很喜歡白鷺鷥。

姿態迷人，色彩單純，站在水中間，緩慢地等待，彷彿一位哲學家在思考著生之道理。一張開翅膀，就可以立刻輕盈地原地起飛，不用一段助跑的距離，垂直起降，瞬間凌空，自在翱翔。

一種瀟脫俐落的感覺。

手塚治虫大師有部漫畫叫做《鳥人大系》，故事裡談到，宇宙中多數星球的演化，最高等的生物都是可以在空中飛翔的，並從而統治整個星球。唯獨地球是個例外，因此有個外星人想要矯正地球的特異，於是，強化了地球上鳥類的大腦。後來，鳥類就奴役了人類，發展出鳥類高等社會。

我覺得這想法很有趣，也有思考上的依據，畢竟，能飛就可以少掉環境中許多威脅，而且，移動的距離能夠變長，表示活動範圍變大，影響力也較大。然後，能夠飛到較高的高度，對於競爭環境的理解更完整，也因為觀點的不同將帶來視野和眼界的擴大，照理說，格局也大上許多呀。

仔細想，白鷺鷥等於是陸海空都行，處於三種不同的立場，你要哪種觀點，都有機會。我不禁想，從創意的角度，他可以擁有多樣性的觀點，表示比較有創意，可能心胸也比較開闊，對事物可以看得比較開。哈哈。

我喜歡看著白鷺鷥點點頭，我也跟他點點頭。

好像朋友，而且是認識我很久的朋友。從我小時候，在台南安平紅樹林的岸邊，我就看著他們站一站，無聊了就飛一飛。不知道有什麼誤會，我就以為這是大家都會有的人生經驗，就好像我長大以後才知道不是到處都有鼎邊銼，不是每天下午都有五種以上的小吃要選擇；不是每個地方都有白鷺鷥，不是每個人都有白鷺鷥為伴。

白鷺鷥的身型可以快速變化，站立時很修長，休憩時又可以縮成一小團，脖子可圈可點可直線。光只是畫，都覺得很好玩。

平常我們看到白色站在水裡的水鳥，就叫他「白鷺鷥」，但其實有大白鷺、中白鷺和小白鷺，還有一種體型跟小白鷺一樣的，其實叫黃頭鷺，因為喜歡站在牛背上，也被稱為牛背鷺。

直接就外型看，黃頭鷺、中白鷺和大白鷺，除了體型大小差異外，其實比較相像，嘴巴黃，腳是黑色的。

小白鷺跟其他三種不同，嘴巴是黑色的，其他三種嘴巴是黃色的，小白鷺還有一個特色是，腳趾頭是黃色的，其他是黑色的。

黃頭鷺體型和小白鷺相像，但小白鷺主要棲息在水域之間，黃頭鷺較常出沒在陸地草原上。

這樣說，大家會比較了解嗎？

我剛剛指著圖鑑介紹給妻看，妻看了微笑不語，默默地走開了。哈哈哈。

沒關係，還是可以統稱白鷺鷥啦。

◇

我跟你說，有一個地方，很是奇妙，是在國道一號南下接國道二號的匝道往桃園方向，有個大轉彎，在那個路段旁邊有許多綠樹，當我開著車，順著那個弧度小心翼翼地轉動方向盤，隨著車身的改變方向，會映入整個車窗玻璃的，是綠樹上一千隻的白鷺鷥。

他們縮著身子，安靜地待在樹上不動，應該在假寐吧，十分可愛，但也有人會覺得數量實在太多，會有密集恐懼症。

我一直有一個奇怪的想像。

我到哪，白鷺鷥就會到哪。

我在台南安平沿著鹽水溪出海口跑步，白鷺鷥陪著我；我到北部，沿著南崁溪跑步，白鷺鷥跟著我。就連住家門前有個水池，都有隻白鷺鷥站在那。

我和女兒願願每天出門去上學放學都會經過，都會對著他大喊：「Ruth White。」

白鷺鷥一動也不動，依然望著水面出神。

我還跟女兒說，那是同一隻喔，從安平陪我到這裡來。

女兒望著白鷺鷥，驚訝地說：「真的嗎？」

哈哈哈。

大家覺得是嗎？

◇

對我而言，有白鷺鷥的地方，就是故鄉的延伸。

我常常在生活中，想念故鄉，但我沒有時間回去。我就會去跑步，一邊跑，一邊想念家鄉，有時候一邊哭。

我愛的人離世，我也只能跑步，並且讓淚水混水摸魚，假裝是汗水。

這件事，白鷺鷥最清楚，他總是在一旁，望著。

不多批評，也不出言安慰，就只是站立著，有時候，飛起來，拍動翅膀，雲淡風輕，好像一切都不怎樣，好像一切都可以。

我看著水面映著他的身影，想著，每個人的位置不同，記憶也不一樣。我記憶中的父親，我深愛的家人，會因為翅膀擺動就消逝嗎？不會，但那個遺憾痛苦可以，如果只是動動翅膀就能擺脫巨大的地心引力，那為什麼動動腿不能擺脫沉重的悲傷呢？

不自主地，我這樣跟自己說。

看到宮崎駿的電影《蒼鷺與少年》，我驚訝極了。

因為有個奇妙的巧合。

當初，宮崎駿大師在退休後又決定復出製作動畫，是因為一本書，小說家吉野源三郎在一九三七年發表的著書《你想活出怎樣的人生？》，這本書被認為是日本的國民文學，幾乎所有當代的日本人都讀過，也被認為是塑造人格的重要啟蒙書。留意哦，這部動畫電影在日本的片名就是「你想活出怎樣的人生」，是到了台灣才被翻譯成「蒼鷺與少年」。

我初次看到電影海報的譯名時，驚訝得原地不動，如同白鷺鷥一般。

我以為那個蒼鷺與少年，是我。

白鷺鷥就是蒼鷺科的。

巧合的是，《你想活出怎樣的人生？》這本書在台灣出版的推薦文就是我寫的。

我不知道這件事代表什麼，也許沒什麼，但看著困惑的少年在蒼鷺陪伴下，在不同的異世界裡奔跑著，我好像看到自己。

雖然愁苦還會在。

但好像我們就拍拍翅膀，飛了起來。

目次

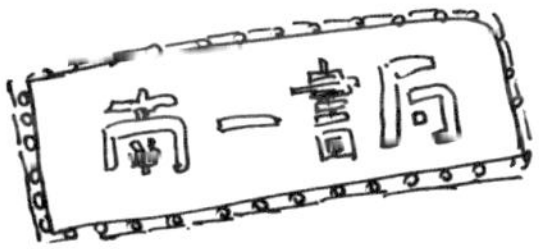
南一書局

安平古堡

◇

願願，

膩好。

我愛你。

昨晚地震連連，不知道你有沒有睡好？這是居住在台灣的我們總是得面對的，但也跟居住在台灣得面對美食一樣，我們可以準備，在心理上和生理上都做好準備。

你現在認識的中文字，已經可以滿足日常所需了，所以多藉由閱讀去認識世界做好準備，是很適合你的。

很多時候會覺得很難，那很正常，那個時候通常是還沒做的時候，或者是，剛開始做的時候。

只要做，通常會愈來愈簡單，不會愈做愈難。

不過這也有好處，當大家都因為覺得很難而不去做的時候，你有做就是有做，你就比別人往前一點點，那沒有多了不起，但卻是一個機會。

我們的家族是這樣來到台灣的。據說我們是鄭成功的家將，也就是海賊王的部下。做的許多事，都是沒有人做過的，也很多人光想就不敢做了。

噢，又在地震了，好搖呀，頭都暈了。

就像我們的祖先以前在船上一樣。

其實，台灣島是一隻鯨魚，鯨魚在海中游動，難免會因為浪濤，而有些晃動。這是個喧鬧的世界，人們都渴望平靜，但平靜並不可得，除非在你心裡。爭奪鯨背上土地的狀況會愈來愈嚴重，但真正需要占有的，不是商業區的，而是可以生活著的淨土。

我沒有嚇你的意思，只是我們都有點遍體鱗傷，對事情比對心情在意，無論是自由自在，或者寧靜致遠，都有點緩不濟急，最該用力的事卻力不從心，最該擁抱的人卻因滿手髒汙而忍下衝動了。

後來就一動也不動的，無法動彈。

剛剛有一些成語，你大概都已經有所耳聞，如果不知道可以查Google。我們大人的問題比較是不知道就算了，不想讓別人知道我不知道，結果，別人從來就不想知道我知道什麼，唯一受害的是自己到死都不知道。

不過成語也不要太常用，難免很多像爸爸一樣是誤用，或者，讓人覺得有距離感，以為你是古板的人。哈哈哈。

你問我你是哪裡人？我一下子也答不出來，要是我自己，我當然立刻會挺著胸膛說是台南人，但你，我就不知道了。也許，等到未來，你自己再決定吧。

但台南有歷史，就也意味著，有政權變化。有時代裡的人們為了適應流下的血與汗，還有試著要推回去的嘗試，那些可能會是政治受難者如湯德章先生，可能是因為文學作品而被羅織入獄，卻持續創作如我尊敬的葉石濤先生。

台南這個城市，有許多的美食，有許多的小巷，有許多的人物，被歷史洪流沖來沖去，留下來的，我們才有機會享用到，但未必消逝的，就不重要，因為那可能是被某些權力者埋葬，刻意隱藏。當你去理解，你會比現在的自己好一點，知道多一點世界的模樣。

如果可以，我反而覺得也許我們可以把台南當成一種概念，一種和快速變動有些不同的概念，一種堅持生活的概念，一種會想去探究人情的概念，一種會試著平靜安心度日的概念。

雖然現實中的台南未必每一處都如此，雖然現實中的台南人也可能都有對生活和生存的焦慮，但如果台南是一種概念，那我們可以從中學習和觀看，並找到適合自己安身立命的方式。

於是，你是哪裡人，或許未必有傳統被地域侷限的答案。

反而可能是，你追求成為怎樣的人？

你是一個愉快的人，你是一個平靜的人，你是一個珍惜別人的人，你想成為一個被愛又能愛人的人，不忮不求，無所畏懼。

我想，那比較會是我理想中的人的模樣。

跑步篇

在安平
用雙腳奔走

◇

願願，

膩好。

我愛你。

有位醫生跟你的婆婆說，人類的腳是用來跑的，這是長時間演化的結果，逃避危險、追捕獵物，所以不要只是走，要盡量跑。

爸爸從小就很喜歡跑來跑去，下課十分鐘也要一直跑到鐘聲響，才肯罷休，最奇妙的是，愈跑愈能平靜，心跳加速大量喘氣，然後坐下來上課，反而聽得懂。

我不懂為什麼，直到長大後，才知道芬蘭的教育，認為人需要有充分的運動，才能有感知力，對於新的事物才容易吸收。因此，他們的小學，每天第一堂課就是體育課，讓孩子大汗淋漓後洗個澡，才開始一天的知識課程。

我原本是不知道的，但用生物的本能，讓自己舒服地活，結果卻改善了自己注意力容易不集中的問題。

跟刻板印象不同，有時候當你在運動當中，你的感官反而可以打開，反而能夠心情平靜，敏銳地接收外界訊息，感受世界的變化。

接著，就讓我用我的方式跟你說說，怎麼用跑步認識安平的地理呀。

用腳寫雙城記

十公里是什麼呢？十公里是平均一場足球賽裡，足球員奔跑的距離，是擺脫地心引力的方法，是做為現實世界獵物的你的生存權，是恐怖電影裡你唯一的機會。你可以跑給憂煩追，並讓它花了十公里之後敗選，啊不是，是敗陣。

十公里會花你大約一小時左右的時間，說長不長，說短不短，不過，一六二四年建的「安平古堡」，和一八七六年建的「億載金城」，兩座城加起來五百四十八年，一小時就可以換到五百四十八年，算起來，是個很值得的交易呦！

夜裡，從「王雞屎洋樓」前的廣場開始，身後自「乾隆海堤」吹來的一點點海風鼓勵著我，讓我可以把腿的筋肉拉開，眼前安平古堡的小小護城河裡，如我大腿粗的錦鯉大口吞吐，好像教導我正確的呼吸方式。看著黃色光芒的安平古堡，我試著邁開軟軟的腳，一步一步變得堅強。

沿著小小的護城河往前跑，我想著以前盧家的祖先。做為鄭氏家將的他們，或許也循著相同路線巡邏，也許在同樣的月光裡，叨唸著白日豔毒的太陽，一邊閒話著今日延平郡王的命令真是太嚴厲，當然也可能正聊到附近平埔族的姑娘秀麗異常，不知道能不能成一段姻緣。

我沿古堡逆時鐘跑著，因為這樣就可以讓時間逆向，回到快樂的地方。我看到大榕樹，想到我的媽媽有時下午喜歡坐在那巨大的樹蔭下，說非常舒服。而夜裡，榕樹伸長百年來一直伸長的氣根，提醒我跑步靠的是呼吸器官，我受教地調整呼吸，呼呼吸吸，放開腳步，聽Jason Mraz的悠揚聲線，陪伴我劃過身旁這橘紅色的磚造城堡，以三百六十度的角度觀看。

剪刀式雞蛋糕的血緣

再往前，就會經過一些白日的攤販，夜裡他們早就收拾返家，留下一個舒服寬敞的磚道，黃色的光線拉著我的影子往前，經過那小公園的頂點，想起這裡白天曾賣著「剪刀式雞蛋糕」。

欸，你們知道嗎？過去，安平有剪刀式雞蛋糕，台北的通化街夜市也有。

那可是台北通化街夜市裡很精采的存在呀，現做且一身熱情澎湃的公雞、手槍、坦克、摩托車、豬，紛紛離開板模，吹一下電風扇——讓它們的表皮酥脆的祕密之一。

多年前，我在通化夜市排隊時，因為看到小小招牌上寫著台南美食，於是一如我對其他生活裡人物一樣地，北七搭訕。

我：「欸，我也是台南人耶。」

老闆娘：「真的喔！」

我：「你們是台南哪裡？」

老闆娘：「安平啊！」

我：「我也是安平呀。」

老闆娘露出難以置信的表情：這客人為了攀交情，竟無所不用其極到這地步。

我：「真的啦，我家在國勝路××巷××號。」

老闆娘：「真的假的，我們老家就在國勝路××巷〇〇號呀！」

我：「欸，那不是隔兩間而已？」
老闆娘：「你爸爸叫什麼名字？」
我：「我爸是盧昭邑。」
老闆娘：「啊你阿公是誰？」
我：「盧寬喜。」
老闆娘：「噢，那我們是親戚呀。」
我：「哇啊，千里來相逢！」
老闆娘：「來，多給你兩支『手槍』。」

怎麼會知道我最喜歡把槍塞進嘴裡的感覺呢？那樣好像是一種不必付上代價的自殺，你可以耍帥，卻不必被老師逮去罵，真是太好了，就像跑步一樣，你一毛錢都不必花，就可以享受全身癱軟的痛快。那到底為什麼還要去ＫＴＶ呢？（欸，大家去ＫＴＶ是為了唱歌，不是為了癱軟噢？那怎麼最後每個出來都癱軟呢？對不起，是我搞錯了嗎？）

後來，我回到安平，跟安平的剪刀式雞蛋糕相認，才知道台灣有三間剪刀式雞蛋糕，一間在安平、一間在通化街、一間在逢甲夜市，都是一家人，都是我們安平的鄉親。

十年後，我在台中的逢甲夜市，也千里尋親，跟那裡的剪刀式老闆娘相認——這次願願你就在場了——老闆娘好開心遇到安平鄉親的我們。這次，這位鄉親多送我們的是一隻鴿子。

我一直跟老闆娘婉謝，但她很堅持，長長的夾子硬是把鴿子放進我們的袋中。我並不想要這個多的雞蛋糕，但我喜愛這個多的人情味。那讓我感覺被愛，感覺雖然離開安平，但沒有離開安平。

沒有蚵仔的蚵仔煎，沒有真實的實話

衝過剪刀式雞蛋糕的駐紮點，迎面是家蚵仔煎。從國小開始，因為越區就讀的關係，每個身旁的同學都不是安平人，當其他家長知道我家在安平，一定會說一句善意但不太有創意的搭訕：「啊，下次去找你吃蚵仔煎呀。」

騙人，一次都沒有來。大人都這樣，沒有被強迫，卻非得要講一些謊話，然後又規定小孩子在那些關鍵時刻、不得不的危及存亡時候，不可以說謊話，真是雙重標準。而且我發現，除了小孩子，那些會來的大人，當下都沒有那樣說，他們會在某一天真的來找我玩，選擇用行動說話。

我是不是也變成了我小時候討厭的大人呢？我想著。

當我視線劃過那已打烊的蚵仔煎，想起我的爸爸最後一次過年的時候，其實也就是他離開的前幾天，妻的叔叔、姊姊還有姪女小梨特地來家裡看他。很喜歡小梨的我爸爸，其實那時已經一個月沒進食，神智多數也不太清楚，一直在計算如果宋楚瑜參選，那蔡英文會少多少票，最後馬先生會當選……但一看到喜歡的小梨，突然恢復，臉上展露許久未見的笑容，還一直要我帶他們去吃東西。

那是過年時分，但台南的年是很溫暖的，我還可以穿著短褲跑來跑去，我抱著我和妻一起養的臘腸狗果果，帶著一群人，心想要吃什麼好，不能太遠，因為得看顧爸爸，於是就到這家店，這家我平日不會踏入的店。因為我其實不吃蚵仔煎，就算逼不得已要吃，也會點蚵仔煎不要蚵仔。

那日店內人滿為患，站在店門口的我，就在荷蘭人的城堡旁，轉身招呼這一大票有遠自美國有遠自德國的親友，正覺得奇妙，彷彿聯合國會員大會的時候，突然一個大聲音，打斷我出神的思緒。

「咯叔叔！果果在吃！」小梨指著我大喊。

果果？果果不是被我抱在身上，就是怕牠出門亂吃地上的東西呀。

我低頭看，原來牠搭在我身上，頭卻橫過我肩膀，舌頭伸得老長，像七爺八爺一般，而且已經長長捲到一旁等人高櫃檯上的一大盤炸餛飩，趕緊快速轉身的我，嚇出了一身熱汗，就跟現在跑步的我一樣。

小坡坡教我的事

接著是一個下坡，不長，但卻是個重要的坡，通往「台灣第一街」——延平街。

聽我阿公說，以前婚喪喜慶都得要進延平街走一趟，因為那條街據說是台灣最早的街，而一府二鹿三艋舺，走過那裡，意思就是昭告天下，不需要登報、不需要刊媒體，就是大家都知道了，全世界都被告知了。所以不管是新娘的花轎或是大歲數人的棺材，都要上下這個小坡。

而這坡，也讓許多朝廷當官的印象深刻。因為雖然不陡，但足夠讓轎裡的人重心移動，也是說，不管你是天朝多大的官，坐的官轎有多華麗，來到這古堡前，都會傾斜，還得伸出手來試著扶好自己，甚至有時還要起來欠欠身。其實也在提醒為官者，位子再高，也不是永遠穩固啦，多少得傾身聽聽民意。

穿過安平黑幫的注目禮

左轉九十度，迎面是一條人行道直線，你可以全力加速，讓自己颳起一陣風，回饋一下這地方，幫這個南國興風卻不作浪，順便享受一下路人的眼光，不過基本上，不會有誰看你的，頂多是「安平黑幫」。

安平黑幫的幫眾大概有二十來個，他們都聚在一起，群出群入。有的長相溫文，有著清澈的雙眼；有的長相比較凶惡，但同樣也有雙清澈的眼睛；他們大多頭髮蓬鬆、髮型各異、操著不同口音。是的，他們大多是黑色的，但也有很多黃色和看不太出來是白色的白色，總是聚在一起開會，遇見不順眼的，就吼個幾聲，但也僅止於此，不會有太粗暴的行為。你對他們微笑，他們就會對你微笑，蹬著四隻腳，汪個兩聲，往草叢裡害羞躲去。

我總愛和我妻在那裡想像他們的對話，「欸，他們今天的議程是夕陽為什麼比日出大？」我練痟話（liān-siáu-uē）。

「難怪，他們排一排都很專心地看著安平夕照。」妻的痟話也很痟。

穿過一連串的注目禮後，你就要準備左轉彎，來到安平古堡的北邊。在你的左手邊可以看到許多用巨大的遮棚護著的古蹟，你會說：「廢話，啊安平古堡不就是一級古蹟嗎？」我的意思是，古蹟裡的古蹟啦。

在那地下發現許多先民的生活遺跡，原本要大量開挖，甚至連我家都因為在外城內，也要被徵收，幸好後來打住，只保留已經被史學家發現的部分。

緊跟著，你可以看到一個公園，裡頭有許多鄭成功和荷蘭人的版畫。小時候我以為大家都看過，長大後才發現，不是人人都知道荷蘭人低著頭在草屋前跟鄭成功投降的。後來讀小說家平路的書，才知道那位是荷蘭最後一位總督揆一，一六六二年和鄭成功作戰失敗後投降，鄭成功簽訂和約讓荷蘭軍隊平安離開，除了不殺之恩外，更讓他們奏著軍樂，以有尊嚴的方式登船離開。

多年後的二〇二四年，揆一的第十四代子孫葛麥可來台灣旅行，原來揆一當年有家訓，希望後代子孫永遠不忘當年這份鄭成功以禮相待的恩情。

就在那公園和安平古堡之間，就是一面巨大的城牆，也是我曾祖父賣肉圓的所在，當然也是我阿公偷錢的地方。

循著古堡邊緣，跑的同時，提醒你，千萬不要亂說盧家的壞話，就算是要講韓國的前任總統盧泰愚，也請先按捺住，因為你眼前的人家很有機會都姓盧。哈哈哈。

到這為止，你已經完成安平古堡了，準備好向億載金城出發。

小砲台和恐懼鬥室

接著你會再度看到王雞屎洋樓，告訴你已經完成逆時鐘一圈。以我的習慣，會再跑上兩圈，好仔細看清楚安平古堡的各個不同樣貌。當然，站在古堡上廣場的鄭成功也會看著你跑，你注意看，不管你跑到古堡的哪個角度，他都會慢慢地把脖子轉過來看你，然後握著寶劍對你笑，為你加油（這當然是騙人的）。

另外，你眼前那兩層樓高、美麗的王雞屎洋樓，充滿雕花富麗堂皇的，其實是後門。它的正門則在朝西另一側的小巷內，小小的，可愛極了，這棟建築。

兩圈後，順著王雞屎洋樓右側，往那狹窄到只能容一部車過的巷子衝出去，你就會掉進海裡。真的喔，如果你是在幾百年前，真的會掉進海裡喔（現在當然是不會啦）。因為眼前大概一公尺高，由白灰蚵殼和磚石砌成的乾隆海堤，顧名思義，就是海的堤防，而那個小小的「西龍殿」，在過去是台南最西邊的最西邊，傳統民俗的意義上，也就是要鎮住大海，好讓靠捕魚維生的居民安心。

你說，真的嗎？這裡看起來離海還很遠呀？那麻煩你往右手邊走去，在德屬「東興洋行」前面，你就會看到一個五官立體的女生立著，而身旁有位較年長的婦人，她們就是金姑娘與她的混血女兒。她們正望著海，等待荷蘭船醫的回來，也就是《安平追想曲》的故事。當然這是個故事，歷史上未必真的有金姑娘啦。但在她們腳跟前面，確實是過往的大海。

下午時分，你可以站在那乾隆海堤上，朝西邊看，非常美麗，這就是「台灣八景」之一的「安平夕照」。

但我們不能停下腳步，因為跑步一停就很可能跑不起來了，你看跑步裡有個「不」，說明這運動是多麼容易被說「不」呀，所以我們更要拒絕身體的拒絕，繼續往前跑。

沿著乾隆海堤，你可以看到旁邊有個巨大的十字架，非常美麗，那是個天主教堂，也是我讀過的六間幼稚園的其中一間，每當我沒力氣跑時，我都會望著那十字架禱告，讓我重新得力。穿過安平路口就是小砲台了，你當然可以跟我一樣，上去坐一下大砲，雖然是小一點的大砲，嘴裡大喊一聲「發射！」就可以把你身上的煩惱發射到大海裡被魚吃掉被藻類分解。真的，你試試，我每次都有效。請你坐上砲台的時候，慢慢地轉身，慢慢地，很慢很慢，因為我怕你會跌倒。在你的正後方，是個以鐵網圍起的籃球場，當然，我想，立刻映入你眼簾的恐怕是滿山的墳墓吧。

沒什麼好驚慌的，那都是我們的鄰居長輩。甚至我知道在安平很多人的床底下，就是祖先的墳，這也沒什麼，以前住在家裡，現在也住在家裡嘛，很自然的。

倒是那球場，我覺得很有趣，看似尋常，但周圍全是墳墓圍繞，讓我想起有一年做NIKE籃球的廣告。素材來自國外，是詹姆士大帝的一場戰役，大概就是在講他如何克服自己的恐懼，突破重重難關，標題是「恐懼鬥室」。在那片子裡，他將遇見的對手一一克服，但有些真的很瞎，比方說有個滿頭白髮的道長在道觀裡和他對抗，我猜大概是為了中國市場，但看起來實在搞笑，比較像昆汀塔倫提諾在《追殺比爾》裡的那個道長，有點卡通漫畫感。那時，我特地在回家渡假時，拍了這個墳墓環繞的籃球場裡，小孩子自在地打著籃球，拿給客戶看的同時，我說，這才是真正的「恐懼鬥室」呀。

緊跟著，穿過那巷道，如果你有不要的舊衣服，歡迎拿到那裡的「脊髓損傷者協會」捐贈，那會是個能讓你直起腰桿的好禮物。往前跑的同時，你會看到更多墳墓，沒關係，你應該已經習慣了，就是一些安平在地人嘛，別擔心，他們雖然好客，但不會搭訕你的。

正港ㄟ~跑進海裡

繼續前跑，就會看到港口了，沒錯，接著開始海港之旅。我覺得這真的很棒，你應該沒什麼機會在港邊跑步吧？我保證這是個愉快的體驗。為了彌補你剛跑過墳墓堆，我們會拜託舒服的海風輕輕地吹在你身上，藉著風力會讓你跑得更快，你身上的汗水被帶走，你的重量少掉一半，所以更有力量前行。從這裡開始，你可以乘風但不破浪，輕輕鬆鬆地滑過空氣，毫不費力。

順著海港跑，非常有趣，你的眼睛可以看看漁船、遊艇。對，在安平我們每戶人家都有一艘遊艇，只是我們都很低調，盡量不想讓太多人知道，對呀，幹麼讓別人眼紅自己臉紅呢？就快樂過日子就好，炫富人生最蠢了啦，下次你問我，我也會否認的，哈哈。

隔著海面，是的，這次真的是海了，你可以看到對岸，那邊亮亮的，很好玩哦，等等我們就會跑過去，你先期待一下。

當你繞過最後一艘遊艇，你大概已經很靠近橋了，先別急著上橋，在橋底下有

個像地下人行道一樣的入口，你會想，「奇怪，這邊又沒有馬路，也沒有鐵路，為什麼會有地下道？」當然囉，有創意如安平人，一定會做出奇怪的東西的，不要害怕，給他跑進去，那裡就是世界最短的「海底隧道」。沿著階梯而下，你會看到兩旁有巨大的玻璃，可以看到海底的樣子，你可以等看看，會不會有鯊魚來用鼻子敲玻璃，但我猜等不到，因為附近很多海鮮餐廳，鯊魚們如果不想失去魚翅，應該不會靠近。不要抱怨，水可能灰濛濛的，但是又怎麼樣？城市裡的空氣還不是這樣；魚可能小小的，也沒關係，反正又不是沒看過大隻的魚，餐桌上很多呀，你都直接吃從不正眼看。重點是，你跑進海裡了，趕快自拍上臉書，跟大家講呀。

跑完海底隧道後，請看前方有個日式的木造小屋，那就是「運河博物館」，請你進去瞧瞧，有些有意思的照片，包括本書的主角之一盧寬喜先生，都在那裡合影留念，而那照片可是當初一九三七年中日戰爭爆發被日本拉去中國打仗前拍的，勿忘影中人啊。但我們仍要一鼓作氣，衝上「安億橋」，這安億橋跑起來不會太安逸，但是橋兩側風景還不賴，緊跟著你就要進入一個紀念園區。一路上，你依舊是沿著安平港口跑，路旁的「慶平海產」成名已久，是台南地方人士喜愛的一家海鮮餐廳，幾道名菜如鯡過魚米粉湯和烏魚子，都是一絕，當然其他現撈海鮮也頗值得一試，但現在不是講吃的時候，為了明天可以吃更多台南小吃，你現在要繼續往前跑。

你自己的藍海策略

還好，不只你一個人在跑，你並不孤單，有很多人，這時也倚著晚風乘涼開心運動，台南人不多，但熱愛運動的人很多，大概也跟時間感有關。在台北，大部分的人還在辦公室加班、和老闆客戶大小聲時，台南人已經吃飽飯和老婆在散步了。一樣是工作，雖然賺得不多，但反正都是餬口飯吃，那，有飯吃不就好了，幹麼那麼辛苦？這道理並不難懂，只是很難做到。離開台南、去台北工作的「靠北者」如我，總是想滿足別人的期待，總是想和團體一樣。問題是，當你和大家一樣時，你很容易跟大家一樣不快樂呀。說起品牌的藍海策略時，我們人人講得頭頭是道，但說起自己的藍海策略，卻一籌莫展。

還好，眼前就是藍海，現在就做個短暫的「脫北者」（原指的是脫離北韓的人，本書指的是脫離台北的文化藝術創作者），好好利用這段跑步時間，享受藍海的通舒暢快。你看一旁散步的狗狗們，表情多開懷，嘴巴都裂到頭上了，還不斷哈哈哈地笑著，這兒是好人家的狗兒聯誼的好地方。這時你一定會跟著開懷起來，不是人前的那種假笑，而是面對生命之神的哈哈哈，大口笑大口喘氣。

這時，順著海港跑，你會見到有個停車場，那是許多年輕男女喜愛夜遊談情的場所，只是也曾遇過男生可能忘我，把檔位弄錯，一不小心就把車開進海裡的悲劇，雖然兩人都沒事，不過，我想以後要繼續交往，可能還是不容易（想到每次吵架，對方就會來一句：「你憑什麼要我相信你，你上次把車開進海裡耶……」就覺得很難繼續）。同時，你應該看見眼前巨樹林立，沒錯，你已經來到終點的起點——億載金城了。

移動的城堡和軍艦

參天茂密的樹叢，把一個城藏了起來，繼續順著海邊跑，你可以試著看看這沈葆禎蓋的城，委實巨大，迎面而來的會有更多跑者，因為在這裡有個跑步俱樂部，叫做「安平夜跑」。

當我跑過人行道時，許多跑者臉上帶著淺淺的笑意，和我擦肩而過。風在這兒更加慷慨，自由自在地安慰著我這返鄉遊子，毫不虛假地擁抱一個已然「靠北」的台南小孩。風裡面沒有一點點勉強，是那麼自然大方，我想，對於來台南玩耍的你，它也會相同寬容地對待。

當你閉上眼睛，你會看見自己，看見自己漂浮的樣子，看見自己正漂浮在一座城上面。你看看底下的那個城市，能有多巨大就有多巨大，但隨著時間過去，再大的城，都可能會成為空城，繁華總會落盡，虛榮終見安靜，而你夜裡總會一個人面對你自己，就像現在一樣。

槍桿和釣竿

當你再睜開眼睛，你看向海裡，奇特的藍色光裡，奇幻地停泊了艘鋼鐵軍艦。

時空在這裡錯亂，看向那船上，那巨大的砲座曾經多麼強悍無敵，方陣快砲又該是多麼駭人的強大，而如今卻只是安靜布景，憑著海浪聲，烘襯一旁一根根的釣竿。

曾經好強，覺得什麼都要從自己身上發射出去，以為可以影響世界，打敗所有，膽怯地以為攻擊才是最好的防禦，砲管愈造愈大，一根根對著外面，但是到底什麼才是敵人呢？會不會自己才是最該對付的？沈葆禎在億載金城城門上題的字體當然輝煌，但夜空裡，小星星都比它閃亮。

我看著自己的腿，在風中，舒服地立著，一旁分隔島上巨大的牌子寫著「慢」，好像在提醒我要把身體停好，好讓靈魂跟上來。常發現自己可以很快速地處理十個案子，卻無法處理好自己的心志，總以為可以找到什麼新制，好勝過世界，卻沒想到，安安靜靜地跑步，就是最好的法子。

我看著釣客，坐在海邊一動也不動，我走過去，想問，你們在釣什麼？卻又好怕他們回答我，釣你掉的東西。所以我就又邁起步伐，跑掉了。

我跟你說你不可以跟別人說我在跑步

我的另條跑步路線，說起來，我其實不太想讓你們知道。一來我不想到時和一群人擠在小小的跑道上，二來這條路線已經被劃入國家風景區的範圍內，有許多的生態系需要被保護，要是被很多人破壞就不好了。

後來我家的狗主人果果（她是狗也是我們的主人，所以稱之為狗主人），看我處於兩難一臉苦惱，一方面想要「食好鬥相報」（Tsiah hó tàu sio-pò），一方面又怕背上破壞生態毀家滅國的惡名，她就踩著高跟鞋在木頭地板上發出咖啦咖啦聲，走來與我好言相勸：「唉呀，你不必太擔心啦。」我轉身低頭看她，因她腿短，我的視線得放得特別低，一日數萬次，讓我也成了低頭族。正所謂英雄不怕出身低，總要叫我平身，我才敢稍稍抬一下脖子，但視線可絲毫不敢挪移。她緩緩整理了鬍鬚，娓娓道來：「首先，會願意看你書的人，雖然可能跟你一樣有點怪怪的，或許有點北七，但至少應該有些格調，不至於破壞環境，只要你多提醒一下就沒問題了啦。」我一時之間不知道這是稱讚，還是貶抑，也請讀者別驟下斷語，往我頭上揍下。

狗主人果果雙手前伸，直挺挺地伸了個懶腰，我記得我的皮拉提斯老師張老師曾經提醒我，這招可以解決長時間打電腦的頸肩僵痛。果主人這麼做應該是為了解決長時間睡覺帶來的頸肩僵硬吧，但我看了，突然覺得脖子好痛。

果果又繼續說：「再來，你以為你的書會有幾個人看呀？又會有幾分之幾的讀者願意去你那什麼鳥路線？又有幾分之幾的人會換上短褲穿上跑鞋然後去你那鳥路線上跑步？你就別擔心那些鳥啦～」注意，這裡的鳥不是粗鄙的字眼，這本書還是老少咸宜值得闔家觀賞的，雖然有點北七傷智力，但作者原意絕不是傷風敗俗。果主人所謂的鳥是有所本的，雖然他說完之後，就不理我，自顧自地舔起前腳趾甲，整理起服裝儀容來。

哪有狗這樣的？

接著我們要講的地方，可是舉世難尋，據稱是太陽系裡最大的紅樹林生態區，關係著許多瀕臨絕種的生物存亡，你們可要答應我，就算丟自己的臉也不要丟我的臉，更不要丟台灣的臉喔。

就讓美麗的金姑娘為你加油

既然各位都已點頭，並以筷子夾菜立下了重誓——如果違背諾言這輩子以後吃什麼都會胖——我們現在可以來做暖身運動。

為什麼要暖身？

因為要跑步呀。

首先到「東興洋行」外，找到「金姑娘母女」的雕像，你可以扶著媽媽慈愛的膝蓋（她應該不至於生氣），彎曲你的大腿，身體向前傾，好拉開前大腿肌。有讀者問說是誰的大腿肌？當然是你的，請不要去拉媽媽的。接著，彎下腰來，膝蓋不要彎曲，伸長手臂，直達地面摸金姑娘的鞋子，好拉開你的後大腿肌與後小腿肌，這時理想的狀態是湖面反射出夕陽，打在你的背上，以黃金粉色舒服地按摩你蓄勢待發的背肌。這時，你可以往前幾步，走上以木頭釘成的棧道，銀閃閃的湖面剛好供你稍稍整理一下髮型，跑步這事就是要帥！

不要讓沿路的美景因你而失色，如果連一旁走近想調戲你的「安平黑幫」狗狗群，都認同你的服裝造型，那我們就可以出發了。

真正好鳥的路線

首先，請先等候安北路上的紅綠燈過馬路，一定要等哦，因為會有很多想去吃或剛吃完安平豆花而過度興奮的駕駛人。而且，我最討厭闖紅燈的跑者了，為了身體健康而跑，卻又讓身體暴露在高度危險中，在我看來怎麼都有點精神分裂的感覺。

過了馬路，左手邊是個路旁的沙灘，雪白的沙十分美麗，搭配其間的小湖和西方臉孔的雕塑，真有奇妙的違合感，但我們是跑者，可不會輕易被嚇到。沿著木頭棧道緩緩地跑一圈暖身，向原本是「夕遊出張所」的純日式木造建築點頭致意後，回到馬路口，繼續順著右手邊那停車場的邊緣跑，你會發現前面似乎沒路了，有個堤防道路，牌子寫著「鹽水溪出海口腳踏車道」，這時一鼓作氣衝上那木頭釘成的樓梯，勇敢如箭般射出，旅途開始了。衝上步道後，豁然開朗，迎面是開闊無比的一大片河道和翠綠無垠的紅樹林，正面是座木亭子。你可以在這原地跑，調整一下呼吸，享受美景，順便好好認識一下水鳥——對，就是果主人說的那些個「鳥們」。

原來，光是白鷺鷥就分好幾種，當然還有舉世聞名的黑面琵鷺，這裡可是這群瀕臨絕種的嬌客世界最大的棲息地，而且因為大家的努力，數量在這幾年都有顯著的成長，算是在世界環境保護紀錄中惡名昭彰的台灣難得的佳績，幾乎可以稱為台灣之光啊。

最好玩的是你可以按圖索驥，把涼亭裡水鳥的圖片，對照眼前在綠色紅樹林裡昂首的細瘦身影，多數優雅輕走，少數可愛逗趣，什麼雁鴨、大白鷺、小白鷺、環頸鷸，林林總總，遠看一樣都是鳥，仔細瞧瞧個個不同，但個個都比我們高貴。只取用今天肚子需要的，不會只是為了好玩不吃而把土裡的蟲叼出來，更不會為了炫耀而把今天抓到的小魚掛在脖子上。欸對不起，我講的絕不是權貴啦。這時你腳步可別停下來，眼睛看可是腳仍得動，我們這可是跑步呦。

接著，接著請你往東跑——當你站在步道上面對著溪水，右邊就是東邊，西邊就是出海口。往東跑其實也就是往台南市區的方向跑，跑個十公尺左右，你會看到在步道的右邊有個過往海軍陸戰隊的掩體碉堡。雖然已被廢棄、已無人跡，但被漆上了紅樹林的翠綠色彩，更有白鷺鷥穿梭期間，真的很可愛，我自己給它命名為「戰爭與和平」，多希望我們可以多來點和平，而讓戰爭只是個不受歡迎擺在一旁的紀念品。當你的視線越過「戰爭與和平」碉堡，往前看去，那是一大片的鬱綠間藏著些許的石灰色，仔細看，其實是一層層的房子躲在樹根之間，頗是奇怪。

樹屋是樹，也是屋

其實，在三十年前，「樹屋」這裡可是能通往他方的幽冥魔界。小孩子如我，走到這處，都會加快腳步，因為四周滿是不同程度的黑暗灰階，加上榕樹交纏的氣根蜿蜒，彷彿自異次元伸出的手爪，寒慄氣息讓孩子害怕極了。但隨著規劃，這裡再也不是廢棄的鹽業成列倉庫，而是一幅天然和人造交織的立體繪畫，或者你還可以如北七我，稱它為台灣最早的綠建築。經過用心，那些黑暗恐怖消失了，孩子可以盡情地在牆弄間穿梭，藉著生態棧道，上下逐追，用不同視角欣賞這座造物主和人類無心插柳合作的美好作品。

奔累了，還可以到「蜷尾家」在樹屋開的分館吃個紅茶霜淇淋，而且幾乎不必等待呦。說來我到現在都還不夠幸運能在本店吃過，每回經過正興街都只能拿張需等候一百多號的號碼牌，自認耐心不夠、無法跟在長長人龍後面修煉，所以能夠知道這個在家旁邊的祕密分館，真的很開心。

如果稍稍留意，在草地和水池之間有個巨大的木輪，那很好玩喔，可是貨真價實的水車，你可以踩上去，一步一步用你的力量打水，看起來輕鬆，但實際上非常費力，踩久了也是會累的。想像跟農夫一樣踩上一整天，可真是會腳軟的，益發覺得世上充滿了不起的人物和職業，弱雞的我比起當時跟我同年的爸爸真是弱多了。

既然弱，自然就需要更多的鍛鍊，所以讓我們不要停下腳步，掉頭，一路向西，衝進大海吧！

我們這時代的天空戰記

這時請你留意天空，你應該可以擁有一整個完整的天空視界。在這兒沒有巨大驕傲的高樓大廈阻隔在你和天空之間，任何生物都有權利享受開闊的藍天，好避免心胸的狹隘，而人類卻迫不及待地把自己關起來，甚至連眼界也封閉起來，這其實是有點悲傷的事。

於是，北七如我，雖然每天跑步，但有機會回家跑步時，總是開心異常，高興極了。所以你要是不幸遇上我邊跑邊笑，請多包涵呀。不過，跑步本來就是件愉快的事，不然為什麼每個人跑步都發出「哈哈哈」的聲音？不管高矮胖瘦，身價高低，跑起步來都帥氣十足，去憂解悶，因為有自己的目標，靠自己的氣力前進，就是一個帥字。

一邊哈哈哈前進，一邊飽覽天空，成為這場天空戰記的勝利者，絕對比窩在被窩裡睡覺，更能給你完整的休息喔。

走在水面上的水狗

順著路直跑，迎著晚霞，腳步不停，你瞧瞧那邊有兩隻「水狗」。不開玩笑，是真的水狗喔，你別說是北七我亂講，這可是有教授認證的。原來這個紅樹林生態系物種十分豐富，不單有可愛水筆仔，也有小白鷺愛吃的魚，狗狗們看小白鷺們示範進食的動作，竟就學會了第二專長，個個都是天才小釣手。

如果你留意，他們手法嫻熟，團體作業效率奇高，相互掩護集體作戰。最好玩的是，從步道上往下看去，他們彷彿神人，一個個列隊優雅地走在水面上。但據我的朋友當地導覽員「豆油」說，這是溼地特色所創造出的視覺效果。在那片浩瀚水面下幾公分其實有土地，所以狗狗的腳沒入水裡一點點，遠看就如同行走在水面上囉。

當然就跟我們愛跑步的人一樣，儘管有看來很帥的裝備，到頭來還是要靠自己的力量前進。除了看來炫目的水上行走奇技外，還得有真才實料的水中獵殺能力，不時得把頭潛入水中，展開一場討口飯吃行動，所以我的朋友豆油才尊稱這群身懷絕技的狗狗們一聲「水狗」。

船上奇人豆油哥

話說，有回我的小叔叔帶了一個德國家庭來台南玩，說要去坐船。坐船沒什麼厲害，生態之旅才是真的，在安平三十幾年的我也沒坐過，就在「戰爭與和平」白鷺鷥碉堡旁的水道找到豆油。他正好整以暇地在船上等候著，簡直就像草船借箭的諸葛孔明。

「先生，船有要開嗎？」我在岸上大聲問。

「有啊，我們一直在這裡等你呀！」他也大聲答，邊露出碧齒白牙的爽朗笑容。

「不過，有外國朋友，可以用英語導覽嗎？」我臨時想到隨口問問，想說八成會被拒絕吧，畢竟，這裡又不是世貿一館，而是白鷺鷥比人多的紅樹林，四周全是招潮蟹揮舞著手臂的鄉間溼地，對方可還站在水裡的一艘船上，我到底是想怎樣？

「來呀！」沒想到豆油一口答應，而且看他即刻握起麥克風，臉上明亮眼神加上若有深意的微笑，一副躍躍欲試的樣子，好像正要走上小巨蛋舞台開個人演唱會。

我心想，要嘛他是準備全程用唱台語老歌方式瞞混過去，要嘛就是備戰多年苦無一展身手機會。

上了船，光是領救生衣便很有趣。原來人有大小，救生衣也有尺寸，我們一行又比較特別，有身形高大的德國爸爸，也有稚嫩幼小的台裔小弟弟，再加上四肢短矮但身體極長的臘腸狗盧果，和標準模特兒身材的雪納瑞阿隆索先生。大家輪流套上不合身的救生衣笑成一團，有的太小兩隻手高高舉起完全無法放下，有的太大幾乎像連身長裙一般拖地，樣子都很有趣。巧合的是，臘腸狗和雪納瑞都是德國種的狗，我才發現整條船上的客人，只有我和妻沒有德國籍，儼然是當場投票可能會加入德意志共和國的一艘船呀。

看著一船的德意志，我怎覺得豆油有點得意？

「Welcome on board.」果不其然，在我心裡有些納悶的同時，麥克風夾雜著沙沙聲卻傳出字正腔圓的英文，而且許多我連聽都沒聽過的單字，就這麼流利地如同船邊順行的水流滑過。

我考你幾個好了，「水筆仔」英語怎麼說？「環頸鴴」又該怎麼說？還有可愛不斷揮舞著單邊巨螯、大多數是右撇子的「招潮蟹」又該怎麼說呢？我在讚嘆眼前美景的同時，也驚訝於台南的臥虎藏龍，竟有幸可以聽到一場幽默的英語生態導覽。不單如此，豆油哥不時還會自小包包裡，拿出一張張精美的圖鑑，不只有清楚的生物分類，連典故也解說得超清晰，讓大人小孩都聽得津津有味。最重要的是，許多環保的觀念就從這裡紮根。

順著鹽水溪，我們往出海口方向前去，夕陽叢林間穿過，清水指間流過，我們一群人彷彿劃過黃金熔化後的一鍋大爐，四周全是金閃閃的水面。金碧輝煌似乎更適合拿來形容自然界，我想許多宮殿貼上金箔，可能只是為了想保有夕陽長一點。

時空旅行的吉光片羽

「那邊是台南，這邊是安平，再過去就是海了。」透過耳際傳來的導覽聲，我發現自己上船後就再也沒有正眼瞧過豆油哥了。當然不是因為北七我瞧不起人，實在是太多我活了幾十歲沒見過的美景呀。

原來，我的家鄉從這角度看去長這樣。依著安平古堡鼓紅色的尖頂找自己的家，是我從小的習慣，但不熟悉的角度創造新鮮的空間感。手擺在船身旁，任水流擦拭，想著當年鄭成功也做過同樣動作測量水量、速度，而德國人幾百年前也在這片水域上，經商貿易開創他們遠東的事業。如今他們的子孫也來到這裡，更覺這閃著金光的水道，會不會就是物理學家說的蟲洞？我們在太空船上，做著時空旅行。

在這金閃時空隧道裡，時不時會有宇宙的吉光片羽，以光速閃動。一開始你可能不察，以為是自己眼花，但後來當你習慣時空旅行後，你便能察覺了。在這壯闊的水面上，常有奇妙的波紋產生，而那和水流方向是明顯不同的，有時你不一定看到，而是聽到金色的平靜被打破，聲紋傳遞到你耳中時，眼睛已來不及捕捉，但你確確實實感知到，那時空裡的亂流。

是的，那金色翻騰的，是鄭成功也曾見過的，他就是在這裡看到「鯉躍龍門」，因此決定學習魚逆流而上，從而奮發向學，打敗了荷蘭人——好啦，這是我亂講的，但這段水道真的有很多魚，而且是太陽馬戲團等級的，不斷地前滾翻、後空翻、旋體三周半躍出水面，並在落水時造成漣漪處處，而且，絕大多數都是女舞者。原來，她們都是因為腹腔裡有卵，時不時地躍出水面，好減少水壓對腹腔的壓力，可見這兒的生態系多麼豐富，且生機勃發，難怪可以吸引小白鷺們和眾多水狗。

謝謝豆油哥的專業解說，他在下船前，還多問一句：「你們知道豆油是什麼？」

我說：「醬油啊」

「對啦，不過也是什麼？」

「啊？」

「你用台語唸看看？」

「哦，導遊（tō-iû）～」大家哄「船」大笑，幽默果然是國際語言。

後來才知道我的朋友豆油哥，真才實料，大有來頭，他可是大學教授來當導覽，學富五車不用說，知性風趣更是迷人呦，只能說浪漫的地方有浪漫人物存在的必要。

你瞧，我們邊跑邊聊，看著河水，一下子，你就越過了兩三公里，跑步一點也不難嘛，尤其在好地方。

安平式的獨立自主訓練

繼續前行，披著汗水，迎面可能會有腳踏車騎士跟你叮噹打招呼。記得保持你最帥氣的姿態，拿出你最熱情的笑容，不要讓人誤以為我們跑者看來沒禮貌，其實真相是因為太累了呀，笑不出來。朝著西方奔去，不是極樂世界，是極樂海灘前進，你一定要相信那裡將會海闊天空。

用手抹掉額頭上的汗，你可以看到左手邊，有著籃球場還有大狗訓練場和小狗訓練場。非常完善的規劃，非常適合自主訓練，我自己就曾經邀請狗主人果果一起去訓練場裡……訓練我。因為發現她完全不肯照著訓練的路線前進，所以我不斷地跑給她看。沿著小旗桿左右左右跑，然後跑上斜坡，跳下後，鑽進長長的管子裡，奔出後，再經過一個獨木橋，就可以回到原點。果主人在我認真示範三次後，除了給我口頭哈哈哈嘉獎外，什麼也沒做就轉身離開，似乎覺得我做得很好，沒有去她的臉。

我想，果主人才是位獨立自主的人物，畢生堅持理想，始終強調原則。而我做為一個不由自主的人類，總是以為目的是最重要的，總覺得效率要大過一切，當下就要立竿見影，否則便會被時代淘汰，殊不知時代不想淘汰我，我卻失去了享受過程樂趣的初心。

以剛剛訓練過程為例，果主人看到我剛毅的神情在陽光下閃耀，心中十分快慰，於是她享受了訓練，於是她不一定要完成訓練，甚至她不一定要訓練，因為她只要負責可愛就夠了。反觀我，只是因為看到某個訓練場，便覺得一定要完成訓練，而去做了以後就覺得一定要成功，否則失敗就不符合效率主義了。於是一再一再地想要在當下成功，結果就失敗了。

我遇過一位台南的長輩，他總是有種餘裕，在他身旁，你會覺得空氣是流動的，生命是活潑的。

有次我問他都怎麼做到的，他說要「堅持」。我說堅持？我很堅持呀。

他說，你是不是只是堅持現在就要贏？

「啊？」我有點傻住。

「你覺得你現在要做的那件事，真的有意思嗎？這件事如果你真覺得很有意義，你今天做不成，笑一笑，明天再來做；明天做不成，笑一笑，後天再來做；天天做不成，天天都來做，天天都笑一笑，然後其實你就做成了。」

我想起來，我阿公他們那種紳士就是這樣子的，一輩子就做一件自己喜愛而且擅長的，然後行走有度，笑容可掬，從不慌慌亂亂，就是個自在。

「因為一下子長大的樹，一下子就會倒。」長輩頓了一下，笑容在嚴肅的臉上炸開來，「而且沒趣味啦。」他邊說邊拍拍我肩膀。

台南人看起來很悠閒，但其實，跟跑步一樣，慢慢地，卻可以到很遠的地方。

不要一步登天，要一步步登天

繼續前行，你的心胸會因為開闊的天空和水道愈來愈開闊。紅樹林好像沒有變化，但其實你已經前進了許多；水鳥好像沒有變化，但其實他們和之前那幾隻都是不同的。跑步就是這樣，看來好像沒變化，其實你已經勝過許多，勝過許多個沒有前進甚至沒有出發、還在原地的自己。

順著步道跑，轉個彎，突然間，大海沒有預期地就跳出來，「嗨大家好，我是大海！」中氣十足地大喊，你只要腳步不停就可以一路跑進海裡，掉進夕陽的圓眼睛裡。這時，要是你留意，會看見沙灘上有著白馬奔過，上頭或許不是白馬王子，但童話氣氛依舊十足，讓你懷疑這裡真的是台南嗎？我就說了這是一個浪漫的城市呀，你再仔細看水裡，一點一點的，那可是人呦，一個個都是衝浪少年，這裡不是峇里島，也不是日本的湘南海岸，說起來比較像是夏威夷，在城市的旁邊就可以衝浪，真的很帥氣。

我習慣在這裡稍作休息再折返跑回安平古堡，依著海風，把眼睛閉上，想想自己的人生。對，這裡也是當年導演李安和魏德聖，在人生最最低潮的時刻所凝望的海。當你閉上眼睛，很多東西就看清楚了，再不然，至少眼睛也休息了，不會被這世界攪亂。

跑步可以帶你去任何地方，尤其是跑完步後的冥想，哪裡都到得了。

我們無法一步登天，但可以一步步登天。只要看著天空跑，一步一步地，天不遠，就在眼前嘛。

願願啊，其實我們不用去擔心時間，時間就這樣流動著，你不管他，他也會活得好好的。

◇

但我們自己要活得好，好像就得用一點點自己的意識，去在意，去關注。我從來不會想要賺大錢，因為我的爸爸跟我說：「我看你應該也不會成為有錢的人，那至少試著成為讓人懷念的人。」

我覺得這個是滿不錯的建議，我也很努力地盡量做這件事。至於你，我倒是覺得可以試著做一個自己喜歡的人，我覺得光這樣就很好了，光這樣就夠好了。

喜歡自己的人，應該會盡量做自己喜歡的事，盡量少做自己不喜歡的事，不喜歡的事，當然也包括不認同的事。

下一個問題就會是，那你認同什麼呢？

不必立即有答案，但應該時時提問題，問自己。

就算沒有答案也很好，至少你問了。

爸爸一樣也還在路上，一樣在帶著疑問的路上跑著，或者說，跑來跑去，因為搞不清楚方向。

不過，帶著疑問的時候，也記得帶著微笑，因為笑比不笑好看，不必因為思考問題就皺著眉頭，那不會比較容易想得出來；反而，笑得出來的比較容易想得出來，這是我的經驗啦。

笑出來。就算有點喘的時候。

因為，我們都想活得漂亮，不是嗎？

菜粽般的
仰之彌高

遇見安平人

我從沒在台北遇到安平人，直到遇到我尊敬的林世煜先生。

朋友之間，我們叫「Michael」的林世煜，是台灣民主運動的大前輩。當年鄭南榕辦雜誌時，他常負責寫社論，大量參與黨外運動，為此站上法庭，被當叛亂犯審理。在那個動員戡亂時期，這可是要坐上好幾年的牢，我光想都發抖。他和妻子胡慧玲小姐還整理了台灣人權受難者的口述歷史，把白色恐怖的故事傳講下來，讓台灣歷史上重要的一頁不被輕易地忘卻。

當然，他除了啟發了一整個世代的民主思潮外，更真正投入組黨。在「太陽花學運」後創立了「時代力量」，並在幾年後理念不合的情況下，選擇安靜離開退黨，不曾惡言。

這樣一個有理念、有實踐的了不起的人，因為我拍小英的競選廣告而找我去聊天。後來，發現我們都是安平人，老家相距不到兩百公尺，他說他小學時每天上學都會經過我家，我整個驚訝，想說怎麼都沒遇到。

後來想，不對，照年齡的差距，他比較有機會遇到的是我爸，不是我。哈哈哈。幾次出遊，我們氣味相投，我父親早走，沒機會認識Michael，當年我爸可是買了一堆Michael編的黨外雜誌。有段時間，家裡有那些雜誌可是會惹禍上身的呢。

說來也妙，有次我們出去玩，賣小食的攤販以為Michael是我爸爸，我也就在心中把他當作乾爹了。

沙淘宮菜粽

Michael有一些氣魄，我覺得很妙，就是嫉惡如仇。這個惡除了人權上的不公義外，也包含食物。他是位美食家，但不是只吃昂貴的食物，他愛的是台南人引以為豪的小吃。我幾次回台南，總是慣性地先在凌晨去沙淘宮買菜粽，對，凌晨，他們四點就開始賣，大約八點多就賣完準備收攤了，標準的「早起的鳥兒有菜粽吃」。

而沙淘宮菜粽跟其他菜粽還有些不同，首先，據說那醬油膏是他們自己熬煮的。味道香醇，沒有化學添加，自然就也沒有奇怪的味道，只有簡單無負擔，品嚐的時候，不會過分虐待你的味蕾，讓你繼續保有敏感，而不是被激烈強力撞擊後的暈眩。有些食物，只是在吃醬，千萬得小心，那跟只會譁眾取寵的政治人物一樣，標準空心大老官，你遭遇愈多，愈多空虛充滿你。

再來，就妙了，跟台南其他的菜粽不同，它沒有土豆麩。

你知道的，那種土豆麩，也就是花生粉，通常是在粽子淋上醬後，再撒上滿滿，如同為富士山蓋上一層雪。

但沙淘宮菜粽沒有。

它就是沒有。沒有贅飾。

當然，我也很喜歡那種有撒上粉的菜粽。擦脂抹粉當然美麗，但是當有人可以不化妝，素顏見人，總叫人多一點佩服，更對其中的自信和堅持有那麼些好奇。

於是，一切就集中焦點在菜粽本人身上了。

於是，只有裡面有什麼，真材實料。

於是，直球對決。

沒有拐彎抹角、過度矯飾，沒有那種「我跟你說你不要跟別人說」，坦蕩蕩，一眼望穿，真君子。

真君子

對，你應該知道我在說什麼。

我不只在說菜粽，我也在說Michael。

Michael真的像沙淘宮菜粽，粽葉馨香，土豆清新，糯米溫潤，散發高貴氣息。不是昂貴，是高雅。不是世家大族，身上一切全來自土地，從土壤長出，吸收這個地方的陽光空氣，轉化成自己的內裡，只有單純。單純的花生與糯米，看似平凡卻又能夠實實在在地填飽每個空虛的肚腹，並且留下雅緻印象，讓你在幾百公里外、在幾百天後，依然會想念。

有的食物，嚐過就愛。

有的人物，你總想親近。

那種平靜中的偉大，常常才是構成我們世界的核心，不是那種譁眾取寵、豔麗異常的，構成人們的日常。

也許有的人常在鎂光燈下，甚至老是語出驚人，搏到媒體版面。他們誤認「黑紅也是紅」，語不驚人死不休的同時，常讓我也覺得，他們或許在某種程度上也早已死亡，靈魂死亡。

但也有人活得低調，卻因此品味卓著，他不用大聲也不必尖銳，只是安安靜靜地做自己樂意並且信仰的事。

然後，你喜歡你就靠近，你不熱愛你就不會早起，那也沒關係，隨人佮意（kah-ì）。但我自己很堅定，我不與人爭，但也不輕易放棄，淡淡地，就一直都在。

喔，那是沙淘宮菜粽的人生哲學吧。

以沙淘宮菜粽比喻Michael的高風亮節，可能有點不倫不類，但我彷彿可以看到他，點點頭，微微笑，連唇上修剪整齊的白鬍子都跟著在笑。

在這裡，我又想起一個小軼事。

有位家人雖然也喜歡吃菜粽，但喜歡有撒土豆麩的，那，Michael怎麼做呢？

為了他心愛的人，他去買來最優質的花生豆，在每次要吃菜粽之前，拿出沉重的研缽，揮動他強壯的手臂，抓著那厚重的杵桿，使勁地把花生磨成粉。完全就是如同手沖咖啡般講究，在要食用之前現磨。

我不曾聽聞過另一位美食家這樣做的，實在太麻煩了。但，Michael就是這樣，為了心愛的人喜愛的方式，他可以不嫌麻煩，微微笑，好好完成他想做的。

畢竟，對於他愛的，他總是完全奉獻。

請試著想像，一顆菜粽，立體三角形，如一座海上仙山，座落在醬油膏的海中，稜線上，地形起伏，山勢陡峭，彷彿要撐開這片天空，也像要往上攀升，對抗在上位者，但當你親身觸碰，卻又柔軟無比，被安慰保護。

安平沒有山，但我看麥可這安平人，卻是仰之彌高。

安平只有海，但我看麥可這安平人，更是長闊高深。

蝗蟲與冰

◎本文收錄自《鹽分地帶文學》一一一期，二〇二四年八月號

我喜歡和黃崇凱吃冰。

有次，我們跟他說我們晚上會從北部開車回台南，結果他竟在冰店一開門營業就去幫我們拿號碼牌，好讓我們抵達台南後，就可以吃到每日限量的草莓牛奶冰，是不是很叫人感動，幾乎要痛哭流涕呀？

結果，也是真的。

因為那天台南難得來了寒流，於是，我們一家穿著羽絨衣，在強烈的寒風中，聽著頭上的樹枝被風吹得一陣陣發出激烈的沙沙聲，一旁是座廟宇，我們端坐在板凳上，時不時起一陣哆嗦，節奏大約和樹的沙沙聲同步，望著我女兒縮成一團，我放聲大笑。但在草莓冰上桌時，我們齊聲尖叫，展露全家團結一條心的驚訝，因為那冰比我的臉大，而且基本上看不到冰，滿滿地全被鮮紅嬌豔的草莓給占滿，宛如冬夜裡一把熾熱的火，溫暖我這異鄉遊子，以一種府城的氣魄。

在我們一家以同仇敵愾的態度享受這滿滿的愛時，我偶然發現一件奇妙的事，那就是吃冰的時候不會冷，甚至有種暖意，自丹田處源源不絕地緩緩升起，實在奇妙。暗黑的環境中，小小的燈泡照在我們和雪地上，啊不是，是冰上，我望向廟宇內擺放的歷史古物，思考著要不要向天地間的奇妙力量尋求幫助，因為草莓在口中蹦發著強烈的香甜，而且數量多到彷彿白飯，彷彿一種用來填飽肚腹的主食，一口接一口，卻不見減少，我心想這就是愚公移山時的感覺嗎？

當然，我們可別忘記故事中的另一外主角——黃崇凱，他的面前同樣有座迷人的山丘，他同樣講義氣地和我們一起面對人生中這甜蜜的負荷，雪地宛如我們平常拍片用的反光板，為他的臉頰打光，加上大量的草莓為背景，我眼前是位認真努力的粉紅佳人啊。

說真的，那感覺太奇妙，嘴巴不自主地想吃下那一口口甜美的滋味，但身體也不自主地顫動了起來，人陷入一種狂喜狀態，既想停下又耽溺其中，無法自拔。

後來，我們只能循著黃崇凱的腳步，在夜裡鑽入深黑的巷弄，加快腳步前往政大書城，好試著拉回些已經失溫的身體。

漆黑裡，我想著，我們在寒冬中做著盛夏的事，根本就文學啊。

喝湯篇

愛跟湯一樣，
就是水裡來火裡去

◇

願願，

膩好。

我愛你。

我直到長大才知道，有人是不喝湯的。在某次聚會裡，有位朋友問說：「請問有人是湯派的嗎？」我感到十分驚奇，原來有人是吃飯不用喝湯的，跟我同座的妻，也就是你的媽媽，也很驚訝。我那時候感到十分幸運，幸好我結婚的對象是有喝湯習慣的，不然，光是每一餐都要為我一個人煮一大鍋湯，不是很麻煩嗎？

還有，因為我一個人一定很難一次喝完一鍋湯，於是，有可能我就得一鍋湯喝一個禮拜，每天重複，這光想也是覺得有點不太習慣。

湯熱熱的，可以暖胃，餐後來碗湯，讓人有飽足感。不過也不是喝湯就是好，畢竟，要什麼營養，也可以在餐點中得到，不必一定要靠湯。只是一種習慣，一種依戀而已。

我的媽媽煮飯到我十七歲，在這十七年裡，我被養成了飯後來碗湯做為句號，那是一種最後的儀式感。儘管，我已經有三十年沒有辦法喝到我媽媽煮的湯，但我還是記得媽媽藉由那鍋湯傳來的溫度。

而人需要溫度。

喝湯還有個有趣的地方是，你可以幫別人盛湯。

我們總是想對別人好，但是幫人夾菜，因為用筷子的關係，在衛生考量上多少有點不方便，尤其在疫情過後。當然也可以使用公筷，但現在好像很少看到有人幫他人夾菜，也許考量到需求人人不同，這也是一種自主權的展現吧。

倒是幫人盛湯，好像還是會有這習慣，也許是因為湯鍋大，人若坐在椅上不方便移動時，由靠近湯鍋的人盛湯，似乎較為理所當然。

那麼，問一句：「我可以幫你盛湯嗎？」就變得有點像「我可以為你做什麼？」這種沒有要求對方回報的付出，對我來說，一直是種高尚的行為。這種話語，讓人感到安心，也讓人覺得自己是被看見的，自己是被愛的。

我鼓勵你，如果有機會多為別人盛湯，多問一句：「要湯多一點，還是料多一點？」那會讓你感到愉快的，就算只有一點點，在這個日益冷酷的時代，都很珍貴。

不過，爸爸自己每次幫人盛湯，都非常緊張，因為很怕一不小心就跌倒失手，把整碗湯倒到人家身上，這點我非常希望你不要遺傳到。

祝福你。

泡在魚皮湯裡

二十一世紀開始沒多久，我北上邁入職場，父親電話裡告訴我，就在離老家不遠處，安平路安北路口開了間賣魚皮湯的，還不錯。

要知道，父親人雖然溫厚，從不口出惡言，這輩子沒見過他和誰起過爭執，對人就是一臉笑害羞地點頭打招呼，好人一枚。但對吃，可是講究嚴格，要讓他說「還不錯」是不容易的，加上身處一級戰區台南，美食競爭激烈，我就對那碗魚皮湯有點好奇了。

不過那時的「王氏魚皮」只賣早晨，就只是個開在路邊，讓一大清晨去安平魚市場批貨賣貨的漁夫們，或者一大早吃完就要去做工的人吃早餐的「飯桌仔」。

「飯桌仔」是南部的特有名詞，是充滿了勞動背影的庶民美食，類似台北人說的「自助餐」，但又沒有台北自助餐的菜色那麼多樣，頂多三四道菜，也沒有那麼標準的流程化。說起來，就是你走過去吆喝個幾聲，「肉臊飯、魚皮湯、滷蛋、滷白菜」，喊完坐下的同時東西上來，緊靠著鄰桌，吃完就得去做事了。比較像台北的滷肉飯，但再亂一點、再無秩序一點。當然也不會寫什麼點菜單，說了老闆聽見就算，有點你吃我吃大家吃，吃完拍拍屁股走人。不高檔但親密，而且這親密有時還真來自於那個不高檔。雖然，我已經高度台北化了，也覺得台北的滷肉飯味道不錯，但時常還是覺得少了種味道，大概就是大家常說的家鄉味吧！

還有，在台南，這是早餐。

台南人對早餐很講究。我從小吃早餐如果沒有個四道菜，就會想媽媽是不是生我氣、早上不高興，不然怎麼沒有達到最低標？而家外面，台南早餐的選擇就更多了，肉粽、牛肉湯、碗粿、肉圓、鼎邊銼，而且都是吃碗飯配個湯，一定得整套才行。我一直以為台灣各地都是如此，直到上大學離開家，認識不同地方的朋友，才驚覺自己的不一樣。

話說回來，這王氏魚皮跟所有小吃一樣，一開始有點簡陋，鐵皮搭蓋的小攤，面對運河，就在路邊，其貌不揚，但吃了一次我就愛上。

虱目魚皮跟玫瑰花一樣，甜美卻會刺傷人，對我來說一直是個難度過高的挑戰，光魚刺就讓我卻步。然而，王氏魚皮的魚皮湯，真是奇怪，師傅有個奇妙的刀工，將魚皮連著大約一公釐厚的魚肉片下來，一根刺也沒有，讓人邊吃邊嘖嘖稱奇。再搭上看來簡單清透卻鮮甜無比的魚湯，哇啊，你會奇怪若世上有這種東西，怎麼會現在才認識呢？所謂的相見恨晚，後生可畏呀！

你會說哪這麼誇張？是這樣的，這裡得岔出題說明一下傳統的魚皮湯。一般做法通常會把魚肉幾乎完全去除，好確保不會有魚刺藏在肉中，釀成乩童吞劍小朋友沒練過不要學的悲劇，但如此一來，魚皮又會過薄，吃起來無口感，於是就得裹粉下去煮，同時藉著太白粉創造出滑嫩口感。另一種則是把去掉肉後的魚皮裹粉後下去微炸，創造點酥脆，臨上桌前才丟入湯中，酥炸外皮隨著吸飽湯汁緩緩軟去，吃起來有點像日式天婦羅放在湯中的口感。這兩種做法都是傳統上為了對付虱目魚皮惱人魚刺的做法，可說是庶民的藝術，也是行之有年的傳統魚皮湯。

但王氏魚皮湯哪裡不一樣呢？它不但除去了細細小小彷彿忍者暗器般的虱目魚刺，還保留下魚肉，這幾乎是完成了囚犯兩難的賽局呀，因為魚刺藏在哪裡？當然是魚肉呀，如何把魚刺除去卻又留下魚肉？就跟只想瘦卻不想運動，只想有錢卻不想努力，是典型的認知衝突問題呀，只能妥協認分，取其一方，不能兼得的。就現代行銷理論，只要有人可以解決認知衝突問題，就能在市場上站穩腳步，甚至有機會大賣。

關於王氏魚皮的刀工，多年來我試過躲在廚房、偷偷從廁所的鐵窗間偷看，甚至假裝聊天、眼睛偷看師傅的手法，但我猜他們也是為了企業機密，所以非常重視保密防諜，在師傅身上披了件隱形斗篷，我再怎麼努力端詳仍無法一窺堂奧。

為何帶肉不帶刺的魚皮湯這麼迷人呢？因為你舌頭先被魚皮滑潤的質感按摩過後，再去咀嚼魚肉迸發出的香甜，那滿足自然不太一樣，還有湯頭用大量魚骨熬煮後去掉帶腥的渣滓，只留下清甜，當然每一口都像星星在口中閃耀旋轉。最美的是，搭配台南特產、有錢買不到的太陽光灑在身上，煩惱就跟著眼前晶閃閃的運河流走了。

阿公手上那碗，還黏在我鼻子上的——魚丸湯

我一直有個記憶，就是阿公從紅色的木門那邊走進來，跟我擺擺手，我揉揉眼

睛，搖著手打招呼。阿公拿下頭上草編的小禮帽，擺掛在門邊的衣帽架上，另一手高舉著一碗魚丸湯，對我微笑，我跑過去，然後我就忘了。

這關於阿公彼時的記憶，隨手一算都有三十年以上，阿公淡淡紳士般的笑，一點也沒有變淡，反倒深刻在腦海，讓我一直想念；連帶的，那碗湯也就一直在鼻尖沒有離開。想像我在和某企業董事長開會時，站在偌大的會議桌前，桌旁有將近二十位西裝套裝筆挺、眼神殷殷的各級主管，而我獨自一人站著講腳本，但鼻子上黏著一碗魚丸湯，你說荒不荒謬？但這其實是很常發生在我生活裡的狀況。

阿公是去哪裡買的呢？我記得我問過他。

在安平的舊漁港邊，也就是現在安億橋下來，有個廟埕前的小廣場，裡頭有個陋小不起眼的攤，賣著魚丸湯、肉圓，是我小時候就有的小攤，應該也開了快四十年吧。因為無名，我和妻便開玩笑地取名為「吵架二姊妹」，原因也很字面。

她們早上在菜市場擺攤，過了中午，就移到廟前繼續營生，一對姊妹，自少女變少婦，甚至現在的阿桑感流露，始終辛勤於手上的魚皮魚丸，也勤於嘴上的鬥嘴吵鬧。

從小我就習慣面對她們，一口魚皮加魚丸湯，一口肉圓佐兩人激烈對話。她們年老的媽媽在身後弓著背包著肉圓，一手拿著切下的漏斗頭，自黏稠粉團中翻兩下抹出個肉圓皮，無視眼前激烈的口角，一手熟練地把餡料塞入封起。小小的身軀不時抱起比她身子還大的鋁製臉盆弄料，似乎對身旁兩人或許已長達四十多年的爭吵充耳不聞，眼皮不抬，輕巧的動作，總覺那就是種體諒的愛。

誰說不能吵架？如果兩姊妹唯一講話的方式是吵架，那何不就順其自然迸發激情？看著媽媽年老的身軀，我覺得她一定有在偷笑，覺得自己家裡比誰都熱鬧。是呀，自己長大後發現，和家人最大的債務是時間，總是虧欠和他們在一起的日子，倒是大把大把地給了工作同事，把辦公室鄰座稱作鄰居，因為可能還沒看過真的住家旁鄰居的臉。老是為了生活，決定放棄生活，說來一點也沒吵架姊妹來得有智慧。

湯擺著，晚風吹過，會涼，人情卻不會。日子過去了，我的阿公不在，吵架姊妹的老媽媽也離去，剩下兩人繼續自童年便開始橫跨歷史斷面的對話，伴著魚丸湯端上來，熱度依舊。

阿公的鮮魚湯

隨著我對魚湯的知識漸長，憑著一股信心勇於嘗試，漸漸地，我開始學習點老饕如爸爸們才會吃的鮮魚湯。比方說深海石斑魚，這在以前台南人是很高貴的料理，非常滋補，通常是孕婦產後或者病人開刀手術後來食用的，好提供品質最好的蛋白質。這種價格昂貴，且營養豐富的魚，通常寫在招牌上的是「鮢過魚湯」。

以我這種小鬼頭，會開始愛上鰇過魚湯，當然也是來自於專業老饕爸爸的教導。台南做為美食天堂，其實很容易看到鮮魚湯，不過，在爸爸心中要排得上榜的，除了魚肉鮮美外，更要價格合理。在國華街民權路口附近，本就是中西區的美食一級戰區，基本上，國華街應該也是外地遊客非常熟悉的一條街，街上滿是美食，不過接著要講的「三兄弟魚湯」可能不是非常知名，也算是我的口袋名店，不輕易示人。今天「山水有相逢」，北七我能夠遇到你，實在很開心，所以才勉強一提（其實，「山水有相逢」，應該是在和人家吵完架後撂的狠話，也就是大家走著瞧，遲早堵到你……）。

我對水仙宮的最深刻印象，是火災。

記得那時我的阿公在水仙宮幫忙，那天我從國小放學，跑到家人經營的錄影帶店（除了爸爸愛看電影，這錄影帶店也大大影響我後來的工作，因為那時看了好多豬哥亮歌廳秀），聽說水仙宮有火災，大家叫我去找阿公。我匆匆忙忙地從民生路穿過小得要命的巷弄，鑽進鑽出，因為心急，還差點踩到狗尾巴被狗咬，等衝到水仙宮時，只見一片焦黑，沒有火，只有大水，滿地的水淹過我的鞋，我的喉嚨好乾好乾，一方面因為喘，二方面因為我沒看到阿公。

我在那裡拚命地喊阿公，一個人也沒有，一點回音也沒有，只有黯黑，彷彿黑洞一般把我的焦急喊聲吸進去，一點點也沒有留下，火災後的空氣是好多好多倍的「炭焙咖啡」，讓我到現在只要喝到重烘焙的咖啡豆，心中就一凜。喊到後來，我的聲音愈來愈小，因為失了力氣，因為黑洞把希望也都吸走了，一些破碎的木料在水中漂浮，若沒有那些個氣味，其實比較像颱風淹水。愈來愈害怕的我，想到找不到阿公，只好放聲大哭，手邊擦邊哭，臉愈哭愈黑，因為沾染到現場的焦炭，腳底浸水，臉上流水，我那天就是個穿著國小制服一身黑的水男孩。我面對的只有自己的恐懼，從此，我知道我最怕的從來不是會遇到什麼妖怪，而是害怕會失去身邊的家人夥伴。

我沒辦法在那裡找到阿公，因為阿公根本沒在那裡。阿公么吃點心了，去吃三兄弟的鮮魚湯了。這就是台南人的樣子，總是在吃點心，在正餐外，在工作外，在點心和點心之間吃點心。

水仙宮三兄弟鮮魚湯，當然是正餐，也是點心。你可以點上一碗只有清薑搭煮的鮢過魚湯，如我每次去總會見到的某老者一般，他總是一身整齊襯衫西裝褲，油頭梳得整齊，點一碗魚頭湯，獨自一人安靜地在角落，用舌頭把鮮軟魚肉自魚骨頭上剔下，一來一回，費工費時但樂趣多。以我父親的說法，這才是正確的。當然，你也可以如我初階入門點碗鮢過魚肉湯，大塊魚肉入口即化，大快朵頤懶人吃法，一口一口搭上清甜魚湯，唏哩呼嚕快速部隊，然後搭上一碗肉臊飯，一片煎魠魠魚，一份台南香腸，一份炒高麗菜，一整桌小盤小碟，幸福感破白。

不過我最喜歡的，其實是邊吃邊看著牆上，滿是三兄弟出海釣起大魚的勝利照。沒錯，這店裡的每條魚都是圓臉大眼的三兄弟親手釣起的，光這就值回票價。

我總是看著他們欣喜得意地大動作抱起大魚，心裡想到，這才真實，這才是生命的理想樣貌，用自己的力量帶給別人快樂，完全符合許文龍曾說過的實業家精神。踏踏實實給人踏踏實實的食物，多美好。

難怪，許文龍的身分證登記的職業，是漁夫。

難怪耶穌在《聖經》裡說要我們得人如得魚，因為那才真切。

和爸爸有關的一碗牛肉湯

在安平有一些奇怪的事，比方說晚上八點過後，街上就杳無人煙。

在安平有一些奇怪的事，據說，八十歲以上的長者，吃東西有可能會不用錢。

過去爸爸很愛吃牛肉湯，我們也很鼓勵他吃，我被說服的理由是，因為他說牛肉湯店裡的炒牛肉，其中拌炒的青菜是他世上唯一愛吃的青菜，從鼓勵不吃青菜的爸爸的健康角度，我只能點頭稱是了。所以說，我挑食不是我個人的問題呀而是遺傳，起碼我還很愛吃很多很多炒牛肉以外的青菜。

以前爸爸會騎機車去很遠的地方吃牛肉湯，並點盤他愛的炒牛肉，但隨著時間過去，有些小攤有了名氣沒了品質，台南人最看不慣這種恃寵而驕，就留給觀光客去排隊。爸爸後來發現在離家不遠的地方也有家牛肉湯不錯，之後就在那吃了。因為離家在北部工作，我很晚才知道（為了五斗米折腰，讓我錯過好多好消息呀），甚至，糗的是，我是由台北長大的妻告訴我的。

那時，爸爸已經住院了，我和妻及妹妹趕回來台南照顧，白天妻和妹妹會來醫院替換值夜班的我，好讓我回家洗個澡，瞇個幾小時，晚上繼續到醫院值班。這段往返十四公里的路程，是我從小上學的路線，為了安全，我請會開車的妻擔任司機，負責載送妹妹，有時加上媽媽，妻也因那段時間熟悉了台南的路況。

有回，在車上，我累得沒什麼力氣說話，卻又好想說話好揮去對生死的恐懼，妻似乎意識到，淡淡地跟我說：有間牛肉湯不錯。我驚訝。

「哪一間？」因睡醫院看護床而一身疼痛的我問。

「在安平路上運河邊，快到安平呀。」妻回。

「欸，叫什麼名字？」

妻跟我說出那店名，疲憊的我點頭，但感到陌生。

「好吃嗎？」

「嗯，好吃呀，妹妹說爸爸這陣子都去那家吃呀。」

我再度驚訝，想說等之後父親稍稍清醒，要好好來拷問，怎麼有好料的，都沒報給我知道，真不夠意思。沒想到，父親為了逃避我的拷問，就開始陷入肝昏迷，直到最後的最後，我都沒能和父親再一起去吃牛肉湯。後來，我就很常去，望著運河，喝著湯，彷彿想追回點什麼。

父親回天家後，有幾次和妹妹聊起，才開始有點印象。啊，其實爸爸曾經跟我在電話裡提過呀，就是他說肉質不錯，又不會有過度腥味的，因為晚期爸爸的食欲不佳，對很多以前喜愛的美食都敬謝不敏，甚至常吃的牛肉，都沒拜訪了。嘴裡說著好，心裡想著下次要和爸爸去嚐嚐，但我因為忙而沒回家就忘了。這就是人生嗎？當你很認真地想面對某件事時，常常是來不及的時候。老是後知後覺的我，常常得面對不知不覺流下的淚水。

我的湯碗有個缺

後來幾次，我去那家牛肉湯，也都是獨身一人。靜夜裡，運河的水並沒有停下，就跟我一樣。父親走後，每三個月陪母親去週五早上的門診，便出我代替負責。於是，我總是在剪接和拍片間，衝上高鐵，在週四晚抵達魂牽夢縈的台南，那時刻，在安平可能只有那牛肉湯還亮著燈，等著我這個總是在父母之前遲歸的遊子。

但遺憾的是，幾次我興匆匆地跳上計程車，想來碗鮮甜的牛肉湯，來份爸爸愛吃的炒牛肉，想像爸爸和我一起吃，但至今為止從未如願。

「賣完了？」我瞪大眼，看看錶，晚上近十點。

「下一批十一點來。」年輕帥氣的老闆回答我。

「可是我上次也沒吃到耶！」我難過地回答。

「真的假的？」可能是我快哭的臉太幼稚，老闆和老闆娘走過來關心。

「真的呀！」

「我們的牛肉很新鮮，差不多賣到九點多會賣完，下一批大約十一點到，你都沒吃到喔？」老闆很親切地再說一次。

他們一家人，團團圍住我，一個個都是非常抱歉的樣子，好像心疼我貪玩晚歸，桌上晚餐只剩剩菜。瞬間，我好像離家出走的小孩子，孤單地面對一個幸福家庭的愛心。

「那要不要試試牛舌炒高麗菜？」年輕老闆突然想到般地提議。「不隨便推薦的哦！」

「好啊。」我只能說好，心裡酸酸的。想爸爸。

走的時候，好心的老闆，還另外包了碗沒有牛肉的清牛肉湯送我，一副很捨不得的樣子，簡直就像同學的爸爸。提著湯和炒菜，再次跳上一旁等候的計程車，透過玻璃，我眼前是一家人關切的臉；透過玻璃，他們關切地緊盯著我離去，臉上的微笑沒變，跟運河的水一樣，繼續流動著。

我趕緊轉過頭，怕我臉上的運河被他們看見。

◇

願願啊，我覺得，就算不喝湯也沒關係的。
你可以在餐後問問朋友，要喝湯嗎？
那如果對方說不用，怎麼辦呢？
也許，可以問他要不要吃水果噢？

就算都不要，也沒有關係。
我們問了。

就像問候朋友好不好一樣，我們也許並無法時時知道朋友的狀況，但多問一句，總是好的。朋友未必當下就可以說出他真正的需求，有時不是因為跟我們的熟悉程度，而是因為他對自己的狀態也未必清楚，但那個提問很好。

像爸爸一整天下來，常常沒有講話的對象，就是自己。

我可能未必知道自己今天好不好，應該說，我根本忘記關心自己好不好，我只想到要把自己做的事做好。但這種「對事不對人」的態度，也不一定就很完善。

因為，事情是由人做的，要是人不好，那事情會好嗎？而我們卻很少關心自己好不好，只關心自己的事好不好。這說不定有時候也是本末倒置呢。

我就有幾次經驗，在一頭忙亂時，遇見朋友，儘管是工作上的場合，但對方有禮地相詢「最近好不好？」我為了回答對方，才問自己好不好，然後，發現自己不夠好，在混亂的情緒中。

那麼，我沒有把自己調整到好的狀態，是不是對那個我要做的事情也不公平呢？

我深深地為朋友的那個提問，感謝著。

願願啊，你每天看到爸爸拚命滿頭大汗的運動，有時哀鳴，單調且固定時間的作息，有時看來無趣，其實，就是我想要把自己調整到一個穩定的狀態。

好讓我可以去穩定地面對我的工作，創作我的作品。

我總覺得，雖然我不夠好，但我盡量去接近到我最好的版本，好讓我的作品可以稍稍有機會靠近好的那一邊，那是我可以做的，那是我應該要做的。

而對於他人，我們倒是可以善意地關心，「好不好？」

我覺得很有趣，除了關心對方，同時當你在問別人好不好的時候，也會因為自己的耳朵聽得到自己說出的話，於是，就順道也會想問候自己了。

「你好不好？」

這對我來說，很重要。

關心別人，關心自己。

這是避免我們在快速競爭的時代中，過分把人給物化的好方法。

當你不關心人，也不關心自己，只講究效率，就是把彼此當成東西在對待。而東西，就是物化，就是問人：「你算什麼東西啊？」

但我們都不是東西啊。哈哈哈。

我的經驗是，當你只想到追求效率，那麼未必就真的會得到效率。

就跟你只想到要有錢，你未必就追得到錢一樣。

通常，要追求更高層次的，就會一併滿足低層次。

當你追求比錢大的，你會比較容易達標。

我的經驗是，當工作夥伴沉浸在被愛的關係中，通常比較會有好的結果，效率還只是其中成果的一小部分。你會達到比較高的成就。

讓彼此都有機會沉浸在一碗湯中。

愛跟湯一樣，就算水裡來火裡去，但不恐懼，心裡依舊暖暖的。

你是怎麼想的呢？我很好奇。

祝福你。

阿祖篇

在香腸裡
遇見前面的人

◇

願願，

膩好。

我愛你。

爸爸我以前有一個疾病，就是看到香腸就一定會買。

那其實不是因為我很愛吃香腸，而是我有很多記憶都是跟我爸爸一起吃香腸，當我站在路邊吃香腸時，就好像站在我爸爸旁邊一樣。

感到安心，感到快樂，感到被愛。

那一點也不科學，卻彷彿是種記憶的連線。

我也不知道以後你想起我會是用什麼做為愛的連線，但我希望你連得起來，因為那會讓你活得比較愉快。

安平古堡和南京城中間只隔兩個人、肉圓與香腸

二十世紀開始沒多久，城牆已矗立許多年，這個用蚵殼、糯米黏起紅磚的城牆，閃現著那建造者們火紅的髮色，夕陽也毫不客氣地爭豔，切都泛著暖紅，打在少年的臉上。

盧寬喜才十歲，在國民學校剛放學，像往常一樣，跑回城牆下顧攤。家裡的這個肉圓攤用大蒸籠蒸煮著，每次打開，煙霧瀰漫，他喜歡那瞬間，好像身旁的城堡就在雲霧中，而自己是那尊貴的王子，在這城中窺看平凡世間百姓忙碌勞動，看得出神的同時，忍不防就被敲了頭。「噠，端過去。」於是，奇幻的雲霧散去，再度墜回這台灣南方海邊名喚「安平」的小城。

只是，家裡最近不太平靜，父親夜裡將攤推回家，就著燭火，一如往日地數算著零錢，怎麼算，就是少了些。雖然生意不頂好，但也過得去，養得活這一家子。少了那幾個銀錢，說來也不多，只是和心裡印象中的少幾個肉圓，不以為意的他，過幾天後留意起來，意識到少了的錢和肉圓的單價對不上，可只這不是算錯肉圓而

是算錯錢。但每天都算錯錢就怪了，難不成遭小偷？到底怎麼回事，盧寬喜倒是比父親早知道謎底，而這謎團竟跟剛提到的雲霧有關。

大將軍的手

幾天後，偶然間，如往日著迷於父親掀開蒸籠的俐落手法中，卻在雲霧裡若隱若現看到隻手，快快且高高地往空中揮去，隨著蒸氣散去，又消失無影。他納悶地揉揉眼，難不成這古堡真有鬼怪？是以前兵馬倥傯死不瞑目的士兵嗎？那究竟是滿頭紅髮戰敗投降的荷蘭人，還是當年隨鄭氏家軍來台，卻再無回返之日客死異鄉的祖宗呢？他有點害怕，畢竟，若是荷蘭軍終究是手下敗將，無須畏懼，但若是祖先，那是不是有什麼大事要交代，那不該跟忙著生意無暇他顧的父親提嗎？

他又想起，在國民學校裡，聽同學提過的奇譚：在古堡中央站立的國姓爺，夜裡仍舊不忘反清復明，在廣場上操兵演練，許多人聽過夜半傳來的馬叫聲，搭上兵士吼聲，嚇得把頭埋入被窩裡，剛那手勢，高舉、揮動，不就是大將軍在馬上揮臂，要眾人奮勇向前殺敵的手勢？他嚇得回頭看向廣場平台上的國姓爺，而國姓爺依然一臉肅穆，手搭寶劍，看向西方故國，彷彿不甘心江山他抱……看著，看著，父親吆喝著他收攤。是夜，他無眠，深怕將軍召喚。

隔兩天，他見到兄長往牆後走去，他跟著，想告訴哥哥，他看見大將軍了。沒想到，繞過高立的城牆，卻不見哥哥身影，正覺奇怪，看到牆邊的小矮樹叢動了動，寬喜害怕地往後退兩步，但又按耐不住好奇，於是把頭探了過去。看到的卻是哥哥蹲在地上，但看來又不像上大號，似乎低頭在地上找些什麼。他鑽過小樹，「尼桑（兄さん）！」他出聲叫了哥。「你來了喔？幫我找，再分你。」哥哥瞄了他一眼，又繼續埋首在地。「找什麼？」他好奇地問。「錢啊！」哥頭也不抬地回答。原來，哥哥每回趁著父親打開蒸籠的時候，一把往裝零錢的小碗抓，怕藏身上被發現，就往身後高高的城牆後扔。

他之前看到的那「大將軍的手」，就是哥哥把錢甩向身後的手呀。

當然，賊星該敗，不到一週，他們兄弟就被吊起來抽打，因為父親發現他們去吃冰，而在沒有零用錢的家庭，怎可能發生？故事在這邊急轉直下，戲劇感十足的管弦樂響起，隨著一陣雷聲，父親走到城牆後，悶不吭聲地看著兩兄弟在地上摸索著自天上掉下來的禮物——請想像兩張十分相近的臉，表情也十分相似地滿是快樂滿足，並在抬頭看見父親後，十分相近地一起變換成慘白無血色，當然這無血色只是短暫的，因為被吊起來打，很快就會充血漲紅。

便當盒裡的彈頭

城牆下這對兄弟，幾年後，到了另一個城牆下，那城不叫安平古堡，叫「南京城」。太平洋戰爭爆發後，盧寬喜毫無意外地被叫去加入軍隊，只是那年他才十三歲，恐怕也會毫無意外地死於戰爭中報效天皇，大他幾歲的大哥，於是自告奮勇地陪他去從軍，家人覺得是個好方法的同時，當地負責募兵的官員也特來家中道賀，幾句忠膽義肝、精忠報國云云的話語，聽在盧家其他長輩耳裡，只能眼淚往肚裡吞，也算是大時代兒女的小故事。

沒想到，什麼也不清楚的兄弟倆就這麼出國遊歷了，要是不管肩上扛的沉重軍糧，其實也挺有趣的，當然這有趣是相對的，相對於家族長輩個個一輩子沒離開過台南，甚至也有終老不曾踏出過安平的，兄弟倆可真是見多識廣，而且不只比上足，比下也有餘，他們可去到了後三代都還不曾去過的地方，比方說南京城。怎麼到南京城的，多年後盧寬喜也講不清楚，只記得坐船、坐車，再長行軍，看到水人家說是長江，看到城人家說是南京城。在這倒發生件小事，卻影響兩人一輩子。

一大早，部隊長就下令要出擊，這也沒什麼，當兵就是要打仗，難不成真每天吃飯看風景？又不是真的參加旅行團。聽話的盧寬喜乖乖地揹起步槍，走出帳篷要去列隊了，沒想到被哥哥叫住：「阿喜，你有帶便當嗎？」「沒啊！長官又沒說要帶。」寬喜回答。「啊長官有叫你大便嗎？」大哥問。「沒有啊，長官沒講。」寬喜邊調整胸前背帶，邊回答大哥。「那你今天早上幹麼去大便？來啦，這我早上去伙房打麻吉，請伙房兵抽菸換的便當，你帶著中午可以吃。」大哥邊遞出手中鐵飯盒。「啊中午不是會回來吃飯？」寬喜問著。「你又知道了，攻城又不知道會多久，叫你帶著就帶著，不然我回去跟阿爸說。」大哥威脅著。

其實盧寬喜比較不怕爸爸，因為爸爸比較常揍的是大哥，而且遠在家鄉根本揍不到他，倒是長他幾歲且就睡在他身旁的大哥，他比較怕，但他怕的也不是大哥揍他，而是大哥不理他，人生地不熟在異鄉的他，就沒有人可以聊天了。兩人就各懷著便當上了戰場，當然槍林彈雨就別說了，總不會是鳥語花香，但盧寬喜並不害怕，只要待在大哥旁邊心就安，就不害怕，就像以前偷錢的時候一樣。

果然如大哥預料的，這戰役果然沒完沒了，打了幾天幾夜，僵持在那裡，他們沒闔眼，自然也沒空吃飯，命都快沒了，誰還管吃飯？好不容易，他們這連隊被換下來，其實也因為人死了許多，美其名要他們休息，事實上，這一連也沒幾個人可以打仗了，得趕緊調派其他連隊上去。

總算下了戰場，在離戰線有點距離的壕溝裡，阿喜打開懷裡的便當，畢竟是發育期的孩子，饑腸轆轆，哪管便當有沒有壞？打開就要大吃起來，沒想到，一打開扒了兩口卻傻住。因為便當盒裡因大哥要求怕他餓著而壓實的飯，中央卻嵌著個金屬、頭尖尾圓的圓錐體——彈頭。

不知從何處而來的彈頭，就這麼在便當盒中靜置著，好像在提醒他從此以後人生的每一秒都是賺來的，當然他的後代也是如此。

閒雲野鶴仙人伯公的香腸攤

這事件在幾十年後仍被傳談著，而我就是盧寬喜的孫子，我叫他阿公。盧寬喜的大哥呢？也就是我的伯公，後來因我父親過繼給他，所以我要叫他爺爺。爺爺除了救了盧寬喜一命，成了家族的傳奇人物。他也有不少故事可以聊聊。兄弟倆平安地自太平洋戰爭中平安地回返安平（再說一次，因為這平安不容易呀！）家裡的肉圓攤原想要他們繼承，沒想到，阿喜不想做，比較想去學水電當學徒，大哥呢，也不想做。

但他的不想做是真的什麼都不想做，終生什麼都不做，彷若仙人。

雖然我說仙人，但其實我已經看到不少長輩掄起拳頭要敲我的頭。說起來，他就是遊手好閒，飽食終日，但去學水電的弟弟卻在學成後娶了個賢內助，事業蒸蒸日上，又考取了台灣第一屆的水電技師，整個就發達了起來，當然也想過有錢大家賺，找大哥一起來，沒想到大哥一句：「賺錢？我沒興趣。」就回絕了他。

家族裡對這位無所事事閒雲野鶴的伯公，還有個傳說。

據說，有次家族裡的大老邀大家開會，因為多位長輩看不過去，覺得家裡出了個不事生產的傢伙很是丟臉，邀大家集思廣益，想個對策處理。其中就有位長輩說：這傢伙要是介紹他去商社上班，一定第一天就跑掉，介紹的人會丟臉死，不如大家一起出點小錢讓他做生意，養活自己。

一時之間，大家點頭如搗蒜，因為彼時各家兄弟都漸有氣候，各有小商號，其中以盧寬喜的「太陽水電」最大，若要安插個缺，自不成問題，只是怕這兄長人來卻搞出其他怪問題，所以聽到只要出點小錢，不必負責就能打發，紛紛贊同。但是，做什麼小生意呢？畢竟，這伯公除了小時候幫忙顧肉圓攤之外，就別無工作經驗，履歷上可是一片空白呀，恐怕什麼生意都會難倒他呀！那不是一樣第一天就關門大吉，莎喲娜拉？

「香腸攤！」苦思不得其解的眾人間，突然冒出這句，大家紛紛轉頭看想提議者。「烤香腸誰都會，又只需要找錢，一定『逮久補』（沒問題）啦。」講的人興奮自己提出最佳解，聽的人個個鬆口氣，有解就好。

隔幾天，張羅的香腸攤來了，批的香腸也來了，被逼說不做就得被逐出家門的伯公也來了，推著一車滿滿的香腸，他邊吹著口哨就出門了。

他一直是那麼自在，無論是小時候顧攤，或是生死交關的戰場，抑或是眾長輩狂唸猛罵的場合，他都輕輕鬆鬆，處之泰然。

一天過去，火紅的夕陽靠著海平面，染出滿天豔紅的彩霞，雖然偏橘不若香腸的豔紅，但安平夕照可也是台灣八景之一，就著彩光，拉長影子，遠遠地，香腸攤被推了回來。

宅院裡，孩子早就興奮萬分，東奔西跑。聽說這位伯公改賣香腸，平常雖然沒事做老挨罵，但對小孩子最好的也是他，糖果不必要就會從他手中變出來，今天滿車的香腸，更別提一定是一人一根，人人有獎，這不是比新年還叫人興奮嗎？孩子吱喳叫，免不了要捱大人排頭，不過大人也是興奮莫名，家族裡唯一的「仙人」終於工作了，也是一件好事，誰都好奇賣得好不好？

於是，全家族引頸企盼逐自地平線遠方拉長影子逐漸靠近的香腸攤，只見那伯公逆著光，踩著自信步伐，搭著那口哨聲，帥翻天簡直就是「荒野大鏢客」。

突然有人大叫，大概是眼力特別好，接著有人拍掌，但都是大人，小孩子個個臭臉，一點微笑都擠不出來，身形矮小的老祖母問：「怎樣啦？我都看無（bû）？」一旁好事的鄰人回：「無啊！」「什麼無？」老祖母著急地問。「香腸都無啊！」

原來，整台車上空空如也，本來高掛的幾十大串香腸都沒了。族長代表大家開口發問：「啊你是推去哪裡賣？香腸都沒了？」「港口邊啊！」一臉得意的伯公微笑地回應眼前的一大家子人。「賺多少？」下頭一個小孩子問著，馬上被媽媽敲頭摀嘴，責罵沒禮貌。「無啊！」伯公一臉不在乎地答，臉上仍是招牌的微笑。族長動怒急切地問：「啊香腸呢？」「輸了了啊！」伯公害羞地笑，好像新郎倌羞赧地接受眾人的祝福，當然實情不是這樣。

後來，派人去港口那邊才知道，原來伯公到港口擺攤是真的，輸光了也是真的。一般來說，為了增加買氣，怕烤香腸時客人等得無聊，攤家都會在旁邊擺個骰子做莊小賭，供人娛樂怡情。有時難免遇上對方手氣好，連輸個兩把，就好聲好氣請對方吃個兩條香腸，趕緊把骰子收起來認賠殺出嘛！但伯公不肯，因為他不喜歡騙人，更不喜歡輸人，於是屢戰屢敗，屢敗屢戰，最後輸掉了整車的香腸。

隔了近半世紀，我覺得我的伯公真是個真正的運動員啊！

之後，家族再也沒人敢提議要這個與世無爭的伯公工作，因為他不工作，也沒不良嗜好，就吃飯睡覺瞎晃而已，那花費真稱不上太多。於是，他有救命之恩的弟弟，也就是我的阿公，就負起了照料他花費開銷的所有責任，終其一生。後來甚至還幫沒工作的伯公娶了個美嬌娘，歌唱比賽冠軍的美女，日後我稱為奶奶，也是才子佳人（？）不與世爭的奇妙佳偶。

這故事一直伴著我們一家，在狡獪的現代社會裡，更常被提出來做為茶餘飯後的閒聊。像我這種後輩，時不時也會想，若沒這位奇妙長輩救了我的阿公，也不會有我在這寫故事給各位看，這樣說起來，難道不該為這件事大啖一條香腸嗎？這也是為什麼每次我在任何地方看見香腸攤，就會忍不住迎上前去來一根的原因之一。

香腸的社會運動學

在台南，當然不是隨時吃得到香腸，但我們確實很常吃香腸，說來或許跟台南人很愛「點心」有關。

說「點心」是有道理的，我認識的父執輩都這是說「食（tsiah）點心～」，很少聽到說「我要去吃小吃」。現在回想起來，說「點心時間」好像幼稚園的小孩子噢，而且大人們還會把點心攤的好吃與否當國家大事討論，各有立場，各有擁護對象，甚至為此唇槍舌戰你來我往。有趣的是，從功利主義的角度看，這非但對自身無益，甚至有害，理由是你喜愛的點心攤如果生意好，老闆也不會分配盈餘給你，相反的，要是更多人去，你等待的時間不就要變長？這想來是不是不太對勁，哈哈哈。

不過呢，人如果光靠功利主義思考，再怎麼進步也會失去樂趣。這種不理性就長期來看是理性的，因為支持你喜愛的小店，避免它的消逝，好讓自己未來仍能享受到那不適合用數學計算的美好，再怎麼看，都是明智的。

在台南許多巷弄都有機會遇上香腸攤，無論是公園附近、學校門口都碰得上，當然夜市就更別提了。好玩的是，在台北，我常遇見香腸攤的場域，多半是公民運動的場合，那氣息彷彿和震耳的喇叭聲疊合，而炭火更非得靠怒火點燃且在水柱噴濺中燃燒依舊。香腸從健康的觀點看，可能是不太好的，就如同許多社會運動在許多人眼中都是不太好的，帶點禁忌，帶點不確定。有意思的是，世界的進化多數時候也是有風險的，用個人的力量對抗時代，用自己的付出，違逆既有的定律。

是的，我在說的是香腸，用人類微薄的智慧將肉品封存，違抗時間大神帶來必然的腐敗，期望創造不可知的美好。是的，我在說的也是社會運動。

香腸不太好，腐敗更不好，吃了可是會拉肚子，甚至死人的。香腸偶一為之就好，真到不吃不行的時候再吃，因為太常吃上了癮，對身體也不太好。

我在國中時期總聞得到香腸製作過程的香味（這邊講的是真的香腸，不是社會運動，不過要是看成社會運動，其實也成立啊，哈哈），那時沒意識到那也是種空氣汙染，只覺整顆心都被吸去了。而且我就會想起幼時幼稚園後面也是個香腸工廠，我把頭伸長，把手攀在名叫「太陽班」卻依舊過於陰暗的鐵欄杆，眼睛緊盯著師傅把那透明的腸衣，包覆在機器的尾端金屬圓管，將肉自上方緩緩放入，光線幽微中，時間也被凍結封存，一如各種藝術形式，一刻成永恆。師傅的眼神專注，卻勝不過我渴望的雙眼，他迷奇的手法，將人間的物事變化，我看得著迷，暗暗許卜心願，日後也要做個和他一樣的工作。

後來，我當了導演，跟灌香腸一樣，把美好保留起來。

今天，你可能找不到我幼稚園後方的小香腸工廠了，但你仍有機會見到影響我三十幾年的灌香腸過程，就在那曾不斷散發馨香的地方——「黑橋牌」蓋了間香腸博物館。

黑橋牌名字的由來，有些地方人士知道，就如同每個偉大的城市一樣，台南市也有條河，在這條叫做「運河」的河上靠近中西區這邊有個橋，當地人叫它「黑橋」，或者更原初的「烏橋」。這橋可以追溯到日本在台時代，用的是鐵軌用的枕木，然後淋上黑黑的柏油好避免橋腐敗。

說到這，也順道講一下台灣第一條人工運河，它的名字就是「運河」。

幾百個釋迦牟尼在運河旁開悟

我和運河很熟，從小要做什麼都得從安平到台南才行，沿著長長的安平路前行，一旁平行的河就是運河。中間隔著一長段的人行道，種滿了菩提樹，於是三條平行線——河道、菩提、安平路——串起我自己的成長小說，直到主人翁十八歲離開故鄉。

這條運河是日本時代日人挖的，一開始為了貨物運送方便，到現在就只剩端午節划龍舟比賽的功用。聽父親說，也曾發生意外，一群前來觀看激烈賽況的煙花女子，濃妝豔抹，惹來眾多男子圍觀，卻因人數過多讓臨時搭起的看台倒塌，不少女子因此香消玉殞，成為地方上一段傳說。長大後，去中山大學讀書，在旗津聽聞有一「淑女墓」，也是因水而起，憑添傳說的對照。至於那一長排的菩提樹，我總期望它們蓬勃，好為早上迎著朝陽向東方騎，傍晚正對夕陽朝西方騎的我提供點樹蔭，不過，可惜的是直到我脫離這段腳踏車七公里的上學路線，都沒如願。

其實在國小四年級以前，我一直以為那些連綿到天邊的樹是桑樹，直到特意去撿拾樹葉回來後發現蠶寶寶都不吃，我問媽媽，這下才知道多年來誤會大了，原來這可是釋迦牟尼在其下悟道的菩提樹呀。記得隔天早上上學的路上，我望著一長排無盡的樹，想像幾百個釋迦牟尼都閉著眼坐在運河旁，身上淋著陽光，散發光采，就覺有股莊嚴氣象。

不過，其實在這條運河上有位如同釋迦牟尼的修行者。從國小開始，我們起床快速梳洗，看完播到六點三十分的十分鐘卡通，當然只能側著眼看，因為面前是媽媽煮好熱騰騰等著吹涼的粥，接著跳上爸爸的機車後座，聽他唱著尤雅的老歌〈往事只能回味〉，迎著風看著後照鏡裡自己的頭髮被吹成郭富城式中分（是的，那是騎機車不必戴安全帽的年代），同時看著黃衣老伯面走來。

黃衣黃帽黃鞋黃先生

黃衣老伯戴著黃色帽子、穿著黃色POLO衫、黃色短褲，腳上有黃色襪子、黃色運動鞋，身形削瘦，不論颳風下雨，至少每個我得上學的日子，我們都會遇上。他步伐徐徐，沿著運河旁的人行道就著菩提樹蔭，一步一步地走。我們每日相遇的點不盡相同，若早一點出門，就會在比較靠近台南市的運河段；若晚一點出門，就會相遇在較接近安平的運河段。但唯一不變的是，我們總會相遇，且從國小、國中，到我高中自己騎腳踏車，長達十二年的天天一面之緣。

我心裡叫他「黃先生」，因為我不曾和他打過招呼，更別提請教名姓了，在我的求學路上，他一路相伴，儘管方向相反。之後我到外地讀大學、當兵、北上台北討生活，那一抹黃色慢慢從我的生命中褪去，不復記憶。

某年，我回家陪母親門診，隔日因台北仍有會議要開，只得晨起趕搭高鐵。恍惚中，我躺臥在計程車後座，窗外景物在眼前流過，視而不見，一如世界多數物事與我這庸碌之子的關係，猛然間，一抹黃劃過眼簾，我突然跳起，撐著身子，望向窗外急速消逝的身影，黃帽、黃衣、黃褲、黃襪、黃鞋，還加上了黃傘。在迷濛雨中，不知為何，我也淚眼朦朧，好似看見自己的童稚夥伴仍在世，堅持前行，不曾死去。

那日，不知為何，勇氣大增，會議中慷慨直言，不畏惡勢力，決定了一個大案子，後來，也決定了我人生的角色轉變。

只是事過境遷，我低迴計數，突感駭然。自我高中與黃先生沒有說再見的道別後，轉眼也過去了二十年，在那時已是老者的他，若當年七十多歲，那次再見也九十好幾，難道仍依舊每天走上那五六公里嗎？想起來就有那麼點不確定，我真的看到那「黃先生」嗎？還是看到自己心裡的幻影，在該行的路上，提醒我別忘了原本想走的方向呢？這事無解，只能算是我成長小說的番外篇吧！

歲月是一份香腸切片

把一件事慢慢地一直做著，恆常不變，久了好像就會成為類似信仰的東西，至少我是非常尊敬的。生命若單單只看一天，當然也是有幾分可信度的，就像病理切片，可以見微知著。但若認真說起來，那也如同香腸切片，微黑略帶金黃的表皮，裡頭粉紅色的肉質閃動溫暖的光輝。有時遇見一片好吃香腸，就像街上偶遇多年知心好友，香甜內裡被歲月炙烤而酥脆的外皮包覆，自然在一片入口後，仍餘韻猶存，想再來一片。

但是，「不做什麼」的檢驗，就無法只靠一片來解剖了，許多生命裡的敗絮總在你無力抵擋時襲來，要如我爺爺終其一生都堅持不工作，其實比堅持要工作來得困難許多。其間更是不乏時時刻刻且實實在在的阻力，這便得把時間軸拉長，不能只吃香腸切片而是整根香腸，甚至得是整串香腸的流金歲月了。

說到這，讓我分享一個有店面的香腸攤，叫做「阿松香腸」。這個過去位於國華街上大菜市場對面的小香腸攤，有別於一般我們常見的香腸伯，一旁還有桌椅供你來壺老人茶講古，香腸攤老闆酷似演員陳勇松「阿松」而得名，攤子上貼了張海報，是老闆穿著一身喜氣，面對鏡頭捧著一大塊金黃誘人的烏魚子。烏魚子？沒錯，就是那麼妙，這香腸攤烤的可不只香腸，舉凡烏魚子、甜不辣，甚至烏魚腱都有賣，雖然其貌不揚，但吃起來十分有嚼勁（我說的是烏魚腱不是老闆），非常夠味，可以嚼到你整個下午都意猶未盡，口齒留香。

而烏魚子這種傳統的南部年菜，你也可以點一小塊，讓那細細魚卵在齒縫舌間滾動，散發海王子的馨香，搭配一小份香腸，就是在地的台南海陸全餐呀。

香腸之後，我們來聊聊便當

我很討厭蒸便當，那種宛若死亡氣息的味道，奇異地可將每個放入那鋼鐵方形陵墓般蒸飯機的便當弄成殭屍般，樣子不變只是少了生氣，沒有活力，沒有媽媽鮮活的愛意。多數時候，我是敬謝不敏的，甚至在國小五年級成為鼓號樂隊的隊長，有特權在中午練習、不必睡午覺後，拜託媽媽給我零用錢，讓我可以去校外買午餐吃。每當走出校門的我，彷彿囚犯走出監獄般的自由奔放，連路旁的大王椰子樹都像在為我鼓掌一樣，我走著，一如國王校閱軍容，陽光照在我短褲下裸露的兩條腿，增添我的光采，我顧盼自如，自認是世上最有權力的小學生，我往前走一步，再一步，再一步，就到了。因為我是小學生，所以可以校閱的隊伍很短，三步就走完了；因為我是小學生，我只能在校門口內五公尺買午餐，但那已經是無上的榮耀了。

就算只是便當，台南也有他自己的一套，當然一般自助餐的菜大同小異，但還有別種喔。「永樂燒肉飯」便是其一。

每每我偕妻返鄉探親後不得不北返討生活時，都會前來買一個便當上高鐵吃。對我們來說，那是一種高級的延長道別方式。當列車緩緩離開台南的驕陽，把車椅背上的小桌板放下，擺放上燒肉橫陳的小飯盒，藉著幾片黃中帶白去油解膩大賽冠軍的薑片，貼合著因肉汁蒙祝融祝福而引出的自金黃漸次變化直迄微黑的肉片，銀閃閃的是湯汁，軟嫩嫩的是青春的肉體，貼合著舌尖對話……這種溝通方式，我想十分深入！再扒兩口被湯汁些微暈染的雪白飯粒，心中離鄉的不捨，雖然無法被安慰，但至少多了隱藏的力量。

如果你跟我說，不就是個燒肉飯，有什麼了不起的？是吧，沒錯，但請花點耐心聽我道來。這燒肉飯其實是個套餐，正確的組成分子還包含一份沙拉，這沙拉頗有趣，是非常台的，幾許高麗菜絲加苜蓿芽，再給你一包用塑膠袋包裝封起的千島醬，吃時你得用嘴巴將塑膠袋給咬開，從任何角度看，都稱不上優雅遊刃，但這動作就是股庶民習氣，一種雖然沒什麼但我們仍想像老外吃西餐般的健康卓越（？）的台洋式思維。老實說，我覺得很台，但卻會帶著笑照做，並且一點也不感丟臉。

◇

這個燒肉飯，願願，你就很熟悉了，因為幾次從台南北返，要上高鐵前，我都會帶你去買，坐在高鐵上，打開便當盒，烤肉的香氣衝出，加上那一個沙拉，和一碗味噌湯，感覺就是個豪華。彷彿我們是名門貴族，正在橫跨歐亞的東方特快車上，享受餐車的精美餐點，一切都快慰起來；彷佛為旅行劃上個完美的句點，也讓離我們愈來愈遠的台南，用食物給延伸了。

未來，你會怎麼來？

我老是在想這個問題，但比起來，我更在意，「過去，到底要怎麼去？」

許多時候，我發現食物是可以快速連線的。那我也很好奇，願願你呢？以後你會用什麼連線呢？記得，生命很有趣，是因為我們總想要連連看，總有想連線的人。愛你。

吃麵篇

一根根細細長長的，
是虛線

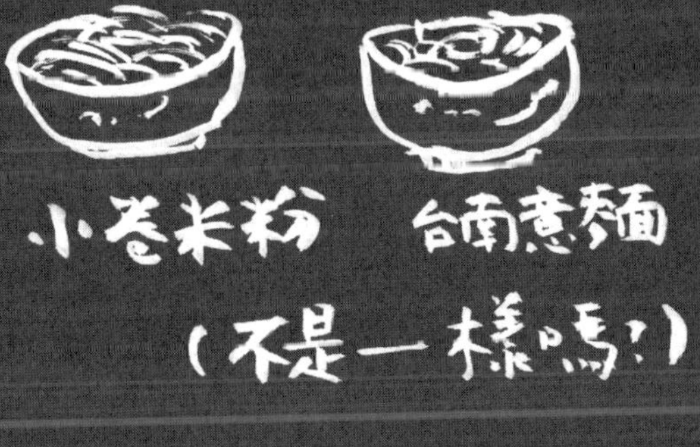

◇

頤頤，

膩好。

我愛你。

今早看你自己吃藥，感覺很奇妙。

你把藥袋撕開，用手指抖動，讓藥粉慢慢集中到一邊，張開嘴，專注地把藥粉倒入口中。並不是一次就順利的，看你仰著頭，一下一下地用小小手指，你看不見剩餘的藥粉，只能用一種摸索的方式面對。試著動作，試著接受，一如面對生命其他即將來到的未知。

我感到一種奇幻時刻降臨，我無法插手，只能旁觀，並預祝一切安好。

莎莉心目中的第一名意麵

莎莉是個在美國出生的台灣孩子，父母親都是台灣人，但也都在美國有了身分，而她當然是美國公民。回來台灣時，有幾個男生很喜歡她，一方面因為她有種異國氣息又個性大方，二方面她身體律動協調性高，跳起舞來，很辣。

那年夏天，莎莉去姨丈的家鄉台南玩，很熱，可能比加州還熱，但她很喜歡，因為都在玩。居住在那的人們看起來表情也都像在玩，不像台北奔來跑去的，似乎總得要拚個你死我活，卻又不知道，快速揮動著雙腳，心慌氣急到底是要趕著去到哪裡？

她喜歡台南。去運河看划龍舟的時候，是她第一次坐機車，緊張害怕的同時，整張臉都揪擠在一塊兒了，可是當風吹起，把頭髮往後拉得老高，她又大喊：「Faster, faster!」夜裡，風和燈光，都讓水裡那些如龍般的長舟，顯得不真實⋯⋯。

問姨丈台南有什麼好吃的？其實是一種自我折磨。因為她發現，每個台南人講起吃，就得把手裡正在做的事放下來，好好面對聽者，一副上辯論會的樣子，滔滔不絕，一路不停，而且每個點都得要再講一次。更妙的是，裡頭總參雜自己的家人故事。「到底是有誰問他這個呀？」她看著姨丈邊講邊發光的眼睛想著。

姨丈說，他們從小就習慣去西門路上、以前「千大百貨」對面的意麵，不是當晚餐吃喔，一定是宵夜。夜裡，只有黃色的燈，還有異樣的氣味傳來，因為那裡白天是個菜市場，而那窄小的巷口，正在台南市最熱鬧的西門路上，巷口似乎從十幾年前就是賣內衣的。

那時的意麵是個小小的攤，算是占據了菜場的出口通道，只是沒人會過分地抗議，一方面桌椅都挨著牆放沒礙著誰，二方面因為夜裡也沒有攤販做生意，黑暗的那片菜場，是孩子不敢輕易靠近的，因為那有濃度的幽冥黯黑總給人不安全感，你不知什麼物事藏在其中。而老闆娘在右側的牆邊角落，就著黃色的燈泡，因客人的喊聲，順手抓上幾把麵條，打開大鍋蓋，蒸氣衝出的同時，麵條已然擲入。隔著讓人通行的走道，是個大蒸籠，裡頭有著肉包和燒賣。

就這樣。奇怪的組合，在塑膠製的小招牌上書寫著：意麵、燒賣、包子、餛飩湯、乾餛飩。沒有別的了。就成了小時候姨丈一家人夜裡的良宵。隨著年歲漸長，姨丈和他妹妹得離鄉讀書工作，返鄉的第一個夜晚，就是來吃上一碗，小小的一碗意麵。

姨丈繼續說，晚上不知道要吃什麼的時候，明明已經吃過晚餐，但就是嘴饞，爸爸就會安靜地起身，拿鑰匙，一家子就跟上。兩部摩托車，爸爸媽媽各領一組人馬在道路上互有先後，循著二十年沒變的路，從安平到台南市區三公里車程，吃完，就又原路踅回，從不耽誤多在中間停留。因為就只是要吃麵而已嘛，很簡單的。長大後，看電影《花樣年華》，大概就是張曼玉每夜出去吃餛飩麵的意思，而夜晚枝搖葉擺，就是因此迷人起來。

姨丈說，後來媽媽車禍，就沒有了，就不再有那雙人小組賽車出遊了，取而代之的，是另種組合，非常偶爾的，爸爸載媽媽，哥哥載妹妹；再之後，爸爸回天國，就真的沒有了。但他們兄妹自己仍會在夜裡，騎著摩托車，自個兒來吃上一碗麵，一張桌子，空了幾個位子，但就像跟以前的自己家人吃一般。

聽到這，莎莉有點不知道要說什麼好，只好說，那我們去吃吧。

本以為，又是姨丈那種台南人語不驚人死不休性格，不就是碗意麵而已，哪那麼多廢話可以說？也幸好有先講那環境會有奇怪的味道，不然一下車撲鼻而來，恐怕莎莉就嚇跑了。歪斜的桌子，是那種桌腳交叉的摺疊桌，旁襯著深色的塑膠椅，坐下的同時，得伸手抓住椅子，免得一不小心缺乏紮實感的椅子就被輕易地碰開飛去。莎莉看著眼前，不得不佩服起姨丈，真如姨丈說的，豈止其貌不揚，甚至還有點不忍卒睹。

牆上大大的寫著個「輝」字，那舊字體、紅線條、巨大的圓圈裡擺著個輝字，肉包意麵的文字旁襯著，說明販賣的物事，幾個客人短褲拖鞋，零散就座，胡亂談天，一種庶民間單純的交往。一時之間，竟也不見老闆娘，才發現，原來她綁著馬尾倚著牆和客人一樣，翹腿談天說地，時不時帥氣地吸口菸，好不自在。

「她從我小時候就長這樣哦。」姨丈小小聲地說。

「那我要點什麼？」莎莉問。

「我點好了，也就這幾樣可以點嘛。」語畢，姨丈走到路口張望後，走回。

「你去看什麼？」莎莉問。

「看政大書城有沒有開，等一下去呀。」姨丈眼睛又亮著光，跟平常懶散樣子不同。

「是台北那個政大書城喔？你以前都會帶我們去那個師大路的那個？」莎莉問。

「對呀，他把師大路的收掉，然後用那筆錢在其他城市開更多更大的書店，台南這個，光童書區就比很多書店還大。」姨丈又一副好像這是他做出來的事業般，得意地笑。

莎莉發現姨丈只要到台南就很容易有那種笑，那種「洋洋得意喜上眉梢但事實上關他屁事」的笑，不過他開心就好，他本來就是以北七聞名的。啪地，一下子，所有麵食跳到桌上，好像連等都沒怎麼等？

「好快噢！」莎莉驚訝。

「台南人雖然閒，但很不愛排隊，東西做得好吃本來就是應該的，幹麼還要客人排隊？只有觀光客才會去排隊啦。」姨丈一邊把麵條高高地舉起，一邊講。

莎莉想到台北公館附近幾乎每家店都得要排隊，但吃起來也不是每家都令人驚豔，會不會是台北人太多了？

「你這個麵要趕快拌啦。」姨丈不耐煩地說，一邊就搶過碗ㄙ，拌了起來。

「然後再三口把它吃掉。」姨丈把碗遞回後，就馬上低頭埋首，好像身體裡有什麼催促著一般。

催著他的，是鄉愁。

洛杉磯機場的鼓號樂隊

做為一位離開台南的「靠北者」，總是有些魂牽夢縈的東西，而那些東西，就經濟上的費用都不高，甚至有些在某些人眼裡還嫌粗鄙，但它就是會在午夜時分，來到枕頭前面，那就是鄉愁。

我就是那故事裡的姨丈。

有時和同樣在異地工作的妹妹聊到這家意麵，都還會嚥個口水，暫停一下對話，回味起那有點臭有點香的氣味。臭的是環境，香的是麵條和著油水。

而我的外甥女莎莉在吃過第一碗意麵後，完全成為「輝意麵」的粉絲團團長，曾經有好幾年甚至會想坐高鐵到台南，只為了吃這麼一碗零錢價格的意麵。而姨丈規定的套裝行程，當然包含對面的政大書城，一定要吃個麵、逛個書店才完整。

為了這碗意麵，莎莉當年還和老闆娘譜出一段忘年之交。有回，吃完意麵後，她深覺有東西卡在喉嚨，不吐不快，於是走到正在蒸騰雲煙間的大鍋前，和老闆娘說話。

「老闆娘，你這是世界上最好吃的麵。」一身小麥色肌膚的莎莉閃動著感動的眼神說。

「哦，謝謝啊。」老闆娘手不斷翻動著滾燙熱水裡的麵條，一邊用台灣國語開心地回答。

「你知道，我在美國，都還夢到你的意麵。」莎莉吐露她的少女情懷總是詩，啊不，總是意麵。

「啊，真的假的？」老闆娘嚇一跳，拿起抹布擦手，眼睛直看著莎莉。

「真的呀，在夢裡好真實，好香喔！」莎莉彷彿在夢裡般，發出陶醉的囈語。

「那你住美國哪裡？」老闆娘好奇地問。

「洛杉磯呀。」

「哦我沒去過美國。」

「那你要不要來玩？」

「好哇，那我去美國煮意麵給你吃，不過要帶我這個醬油去，醬油才是重點。」老闆娘嘴快，還透露了商業機密。

「好，那我帶鼓號樂隊去機場幫你接機，還有啦啦隊表演疊羅漢和後空翻。」原來莎莉在美國高中是啦啦隊員。

試著想像：在洛杉磯海關出口，兩組三層人高的啦啦隊員，陽光感的迷你裙下，個個有著修長的雙腿，一旁整齊劃一的鼓號樂隊，吹奏著伸縮喇叭，隨著大鼓的聲響，原地踏著步伐，當一位彎著腰瘦削的身影走出時，啦啦隊員大喊著加油口號，隨著「Go! Go! Noodles, GO!」的口號，變換隊形，不斷疊起羅漢，上拋，半空中轉身，落下，振臂大喊。青春的肉體，明亮的喊聲，圍觀的人群，機場裡陽光透過玻璃灑入，彷彿奧斯卡頒獎典禮台上的聚光燈照著那位老婦，她微笑接受對她手藝的最敬禮……雖然有點北七，但我想，這大概是台南意麵最高的榮譽吧！

我那個大家都很尊敬的阿媽——阿媽的小卷米粉

我的阿媽就是那種台灣城市裡傳統的名門，讀的是日本公學校，腦筋好，語言強，日文厲害得要命，做起生意來，更是面面俱到，人人尊敬。在那個沒幾個人出過國的年代，阿媽走遍各大洋，見過的世面比我看過的廣告片還多（報告，北七我至少有看過一萬支廣告哦，雖然這也沒什麼）；當然事業大起大落也有過，經歷過的人情冷暖更比我畢生泡過的溫泉還多（這比喻好像有點怪怪的）；品嚐過的山珍海味，大概也是我們所有孫子輩的手指加腳趾都數不完（這比較的基準，不知為何讓我想起日本黑道的剁指頭）。而且說起來——就像曾有的廣告文案——只有阿媽可以超越阿媽。

只有阿媽的廚藝可以跟阿媽的生意相匹敵呀。在舊時的台南府，一個女子的技藝除了相夫教子外，廚房裡的天下更是長輩們丈量的重要疆域。阿媽手藝好到可以當總鋪師。過去家中工人繁多，每到過年，阿媽可是能一人包辦十來桌、百多人的伙食，而且樣樣大菜，讓每個工人都能感受到東家的愛和溫暖。據說，多年後仍常有當年的工頭、今日的大老闆，在閒聊間提起老闆娘的菜，直說比他們現在交際應酬吃的飯店好吃太多了。那時阿媽以精明的頭腦和直達心房的菜餚，收服那一個個高大健壯的打拚弟兄，更是為阿公談下幾個縱橫商場的超級大買賣。如今，在地方上遠近馳名的，除了生意手腕，還有阿媽那暖洋洋握著鍋鏟的手腕。

記得大堂哥去美國攻讀博士時，非常想念阿媽的魚羹還有粽子，甚至打越洋電話回來，訴說想念衷情，這也算是留學生們離鄉背井非得忍耐的辛苦之處，勉強說起來，我可能吃到的次數稍多個幾次，也算是彌補我沒讀到博士的缺憾（？）

對了，還有一道菜，是舊時府城媳婦一定要會的料理，那就是「魯麵」。各家手藝不同，宗族長輩們都會品評比較，只要大族裡有人迎娶媳婦，一定會煮魯麵宴請遠道近來的賓客。而我阿媽的魯麵，正是安平最有名聲的，讓阿媽的婆婆，也就是我的曾祖母很有面子，「呵咾甲會觸舌」（O-ló kah ē tak-tsih）。

我小時候，就常有印象，阿媽被央請去人家家裡煮魯麵。年紀漸長後，我開始有疑問：幹麼別人娶媳婦，我的阿媽要去煮魯麵呀？後來，問了長輩才知道，原來別人家裡的大喜，卻會邀阿媽去，除了是肯定阿媽的手藝外，也是因為盧家有個門戶傳統，就是親戚朋友不論親疏，有事一定要伸手幫忙，台語叫「鬥跤手」（tàu-kha-tshiú）。我一聽，光想像就覺得很可愛，一群長輩像在玩老鷹抓小雞一樣排成一列，一起伸出雙手雙腳舞動著，臉上笑咪咪洋著喜氣。我想，溫暖的不是紅包的厚薄，是人情的紮實哪。

不過，每年看著阿媽一個人扛著跟她身子一樣大的鐵臉盆，準備著各樣的材料，彎著腰為了親戚朋友、還有我們這些饞嘴的孫子們煮羹，而她看著孫子們一碗接一碗，自己卻吃得好少好少，拿著空碗坐在一旁，聽我們嗑嗑呼呼地把湯喝乾，臉上泛著笑，一開始覺得阿媽真傻，這麼好吃的東西，動作慢一點就會被搶光了說，怎麼還呆坐在那？

一年一年隨著時間過去，阿媽縮得愈來愈小，彷彿就要消失在大臉盆裡，我們愈來愈大，卻始終沒有伸出手幫她，最後爸爸不准年老力衰的阿媽，再輕易地為他人動手料理大攤的。

阿媽人生唯一的挑戰

不過，就像我那賢慧人妻說的，手巧的廚子嘴也刁，年老的阿媽有個生命裡的挑戰，就是食欲差。阿媽因為自己實在太會煮了，嚐起外面的伙食總覺少一味，而我猜那一味，就是美味。

隨著我漸大，阿媽竟在一次去菜市場買菜時被摩托車不小心撞倒，跌傷了腰腿，因此臥病在床，雖然對方有誠意賠償，也不是故意的，但是老人家是經不得跌跤的。因為骨質疏鬆的關係，摔這一下就影響深遠，把阿媽的健康給摔掉了。那段時間我正在台北的外商廣告公司工作，看起來很好玩，但也要非常非常用力玩，平常熬夜就算了，常在辦公室看到日出，假日也經常加班，偶爾才有空放假回台南。看到阿媽愈來愈瘦，躺在床上，不太想吃東西，我心裡很難受，但自己又不會煮東西，問阿媽想吃什麼，她都一臉勉強地微笑搖頭。我也想過，去買東西給阿媽吃，畢竟我們可是住在台南，以小吃聞名呀，但就是沒有一樣她特別喜歡吃的，畢竟，她的舌頭一直以來都在廚房裡試最好吃的料理呀。

不過，我終究會經完成這不可能任務，卻也是唯一的一次。

第一名心中的第一名，小巷米粉

一直到現在，我都還記得當時的情景。

那天是週五，我和公司其他同事一起到台南提案。過去十多年的廣告生涯，我無論在哪家廣告公司，剛好都會有客戶在台南，所以我經常要返鄉開會提案，但並不能回家。多數時候，我開完會就得直奔機場、高鐵，頂多中間停下來吃個因會議關係而沒吃的午餐。通常，晚上辦公室裡還有會議等著我，而且有時不只一個。

我每天都會打電話回家，有些時候，我離接電話的家人只有短短幾公里，卻不敢跟他們說我在台南，因為說了他們會開心，但更會失望，開心我回到家鄉，失望我又再度不能回家。

交通過程裡，同事面前的我臉上帶著笑，但心裡有點落寞，很想回家跟家人胡說八道撒撒嬌，說說工作多麼辛苦又多麼好玩，不然躺在從小到大的窩裡，看天花板也很好呀。時不時，我會想我是在治水嗎？有那麼了不起嗎？這麼忙碌，真的對這世界有意義嗎？我最後決定，一定有，一定對世界有意義。不然，我會哭。

那個週五下午，在台南提案，因為晚些沒有安排會議，我幸運地可以假公濟私，能夠順道回家過週末，我高興地在會議後打電話給阿媽。

「阿媽，我建彰啦，我在台南，你要吃什麼嗎？我買回去。」站在摩托車穿梭的巷弄，我大聲對著電話喊。

「不用啦，你回來就好啊。」阿媽的聲音其實虛虛淡淡的，不知為何好像有點喘。

「啊你想看看要吃什麼呀？我去買。」我還是執意要阿媽講一個她想吃的，真是一個勉強人，不太孝順的孝順。

「啊，我想不出來啦，啊，不然你買小卷米粉啦。」阿媽想了一陣子突然迸出一個我沒聽過的東西。

阿媽當然是講台語，我為了大家翻成國語，但是第一次聽到小卷米粉，其實我嚇一跳，因為台語的小卷米粉唸來是「小管仔（sió-kńg-á）米粉（bí-hún）」，就是在唸完「小管仔」後面要有個彷彿讚嘆的「啊」，然後才接米粉，我嚇一跳的原因是，氣若游絲的阿媽難得竟會發出讚嘆，好像這東西她很愛吃，也很想吃呀！

「什麼『小管仔米粉』？在哪？」本來只是想說打個電話試著問看看的我，一下子整個人信心大增，一整個很想立刻像國小跑五十公尺一樣全力衝刺，用所有的力量衝出去幫阿媽買。

「在大菜市場對面，國華街中正路口附近。」阿媽似乎也很高興她想出一個她想吃的東西（編按：該小卷米粉店面現已搬遷至國華街郡緯街一帶）。

我趕到那，沒有店名，只有招牌寫著「小卷米粉」，一個大鐵鍋煮著台南其實很少見的粗米粉，白白的米粉條在清透的湯水裡浮沉，我點了兩碗，一碗給阿媽，一碗自己吃，想說阿媽指名，必屬佳作。結果是金獎，搞不好還昰全場最大獎。只見到，老闆娘熟練地抄起大鍋鏟，自一旁舀了些新鮮的生小卷，反手將爐火加大，小卷入水沒游個幾下，便被隨手撈起，打包。

我心急地趕回家，把阿媽自床上扶起來，看著她吞下第一口，我幾乎要跳起來大喊萬歲，看阿媽那麼難得露出笑顏進食，我自己也趕緊跟著嚐一口。結果，我就真的跳起來喊萬歲了。

從龍宮裡走私出來的天上人間

清甜的湯汁，看起來透透淡淡的，喝起來卻有股海裡頭的甜美青春氣息，我想龍宮裡公主寢宮用的香氛，大概就是這種氣味吧。隨著舌尖被安慰後，湯汁滑入喉嚨，簡直就像有許多小槳在海中操著舟，一路扶搖直下，順流而去，直達天際。如果有一天我要拍上天堂的過程，大概就會拍這個過程。

而小卷呢？小卷不重要。騙你的。小卷，是種軟體生物，就生物學的劃分應屬於頭足綱管魷目的鎖管科，也就是說，注意了，以下是我個人的推測，我們習慣說的「小卷」，其實是台語的「鎖管」，因為不斷地傳播產生謬誤，最後再翻回成「小卷」了。但這當然不重要，重要的是小卷他好嗎？他很好，他超好的，他好得不得了，他比我這輩子最有精神最有元氣的日子都好，他好極了。

在音樂聲輕柔的節奏感裡，在完整飽足的睡眠後，在一夜無夢無憂無煩的完整休息後，搖擺著柔軟的腰起床，你應該有這樣的經歷——大約是在幼稚園或國小的時候——總之就是在你早已忘懷的美好年歲裡。沒錯，每個小卷就是給我這種感覺！不是那種噁心的活章魚把戲，更不是直挺挺的怪奇硬漢，而是以一種清爽有朝氣活力的姿態，以經過充分皮拉提斯訓練課程，飽足的核心肌肉訓練後，紮實的青春肉體，蹦跳進我們的身體裡。

原來，當年那位龍宮裡的人魚公主，就是有感於人類壽命有限，為了讓渺小愚拙的凡人情郎，體會神仙般的心境，知道什麼是天上一天人間百年，才從龍宮裡把小卷米粉偷渡出來的呀！

誠實是人生的最上策

好啦，剛那神話故事當然是我自己想的。

但說真的，後來，我多次帶同事好友去嚐，我都可以誇口說，不好吃你直接拳頭打我的臉，因為那可是我阿媽唯一指名的小卷米粉！

記得有回帶著廣告公司的總經理和執行創意總監，在去跟客戶大提案後，一起到那間小卷米粉，一群人西裝筆挺（總經理）、奇裝異服（執行創意總監和我），在市場口就著摺疊麻將桌和圓形打架超好用鐵椅坐下，和周遭格格不入，我一人一碗豪氣地點，只見他們一開始還客氣說怕吃不完，我說不怕你吃不完，怕你吃不夠。

三分鐘後，小卷米粉上桌，在我幾句閒聊問話都得不到回應時，抬頭發現，原來喝過一口湯後，每個人都不再討論公事，脫下斯文外表，展露出掠食動物在遇見今年最美味的獵物時的表情，奮力攻擊眼前那一碗以尋常商肆的瓷碗盛裝的湯，直到再兩分鐘後，才聽到總經理直呼：「好甜啊～」

接著開始的對話，宛若日本美食節目的專家達人們評論，我就不再贅述，畢竟，我們都是做廣告的，再多說，怕影響各位讀書的情緒，當下就衝去買高鐵票，一路向南直通小卷米粉了。

中間不斷有人提問，到底這湯是如何做到如此清甜不膩的呢？有人猜是以大魚骨頭下去熬煮，有人說這海味一定是以文火燉煮上好昆布後，再藉由濾網將其濾淨，湯水才能有其香氣，卻無其濁色。我一時興起，就起身去問老闆娘，老闆娘眼睛看也不看我，手繼續快速翻攪那人鍋裡一根根米粉，隨口回我三個字：「『家堂』啊！」

那當下，我真是敬佩，一介布衣隱身市集，手上做的是小卷米粉這樣庶民小吃的營生，但談吐這般斯文，隨口回答竟是如此文言的「家堂」，而不是「我媽媽」。弄得我這堂堂金牌文案出身的，也不得不注意起用字遣詞。

「那敢問尊親以何手法調理出此等美味？」我雙手作揖，往前一拜，恭敬相問。

「啊？什麼？」老闆娘總算停下手上功夫，轉頭，瞪著大眼看我。

「沒有啦，我是說你媽媽怎麼煮出那麼甜的湯頭啦？」我看老闆娘瞪得老大的眼，好像要揍我，還是趕緊白話文。

「啊剛不是跟你說了，『加糖』啊！」

我當下一愣，身後爆出哄然巨笑，回頭一看，笑死了 桌的總經理和業務總監、創意總監。原來，台南自日本時代便盛產蔗糖，於是在食物中加入當地的盛產，便成為文化風土的一部分，不過，這部分常識還是我德國嬸嬸蘇西告訴我這在地人的。

話說回來，我們是不是早已習慣的華麗詞藻？為了拉抬身價，總是不斷強調實際上並不存在的產品特點，用各色唬人字句形成行銷文案，好賣更高價錢？但食物就是要來自單純的食材，做人也該如此，老闆娘就那麼大剌剌單純直接地說她加糖，會不會比我們現在常聽到的一堆高級油品，外表包裝精美價格昂貴，內裡卻臭不可聞，以地溝油餿水油替代，來得高尚許多呢？我們自己是不是也是這樣的餿水油呢？想起我阿媽說的，人長怎樣，就該講怎樣，我想我還有好多要學習的。

而那碗鮮甜的小卷米粉，就是阿媽在最後的日子裡唯一願意吃的台南小吃，也是我這一輩子吃阿媽好料的不肖孫，在阿媽最後的年歲裡唯一的孝順。在那之後，阿媽日益衰老，終回天家。

現在，每次當我吃小卷米粉，隨著那天然的鮮甜入口，看著碗裡清透的湯汁映照，我都會想起阿媽拿著空碗坐在一旁看我狼吞虎嚥時臉上的微笑。

◇

願願，這幾樣小食，你也都吃過，莎莉姊姊也是你的姊姊，我做為她的姨丈，也是你的爸爸。

我有時開玩笑講說，我在經濟上是不捉襟就見肘，因為我都穿短袖，但說起我被愛的故事，我可是一點也不會輸給人。

不知道以後你的故事會不會比我多？

我這樣期待著。

書店篇

在書的裡面和外面，
變成書

◇

願願，

膩好。

我愛你。

接著要講的故事，你可能最熟悉。熟悉的也許不是那些地方，而是在那地方裡做的事，是我們最常做的事。

看書一直是我們很喜歡的娛樂，讓我們開心，讓我們忘記憂愁，讓我們就算在不喜歡的環境也都還可以高興，那是種自我逃脫裝置，那是立即逃生通道。

有些人不喜歡使用，是因為他以為那是通往考試的大門，但其實他是小時候遇到了創傷，被錯誤地對待，那不是他的錯，卻讓他錯過了。

看書，其實是任意門。

任意門的意思是，你心中想去的地方，都任你意，就算只有意念，你都該自由。

在人類歷史上，閱讀和自由是最靠近的兩個概念。

閱讀常會帶來自由，而極權國家就會選擇箝制言論管制出版品，當人們沒有機會獲得新想法時，就不會想要進步追求屬於自己的權利。

阿富汗在塔利班拿回政權後的第一步，就是禁止女性上學。他們期望女性會因此更加順服，不會因為知識而被世界所影響，有自己獨立的思考方式，進而產出行動來。

多麼可怕，卻發生在現代，讓人難受。

問題來了，在可以自由閱讀的國家的人若不閱讀，那麼，他自由嗎？他和被囚禁在極權國家的人，有沒有不同呢？有什麼不同？

願願，你覺得呢？

三十年前進去後，就一直沒出來

一九八四年，鄰近著叮噹作響的平交道，在台南的博愛路上——是夏天嗎？應該是吧，但除了冬天，台南一年到頭不都是亮閃閃的夏天嗎？只是涼一點跟熱一點的夏天而已吧。一旁幫腔的直立式米色冷氣轟隆隆使勁地吶喊著，似乎想獨自抗拒南國大方熱情的日光，但卻蓋不過環繞整城的蟬聲（哦，有蟬叫，應當是夏天吧），總覺得是因為那蟬叫聲讓人感到很熱，但這種帶著善意的熱，人會張開雙臂帶著微笑欣然接受，會感受到生命的熱度。

兩個孩子蹲坐在地，緊貼冰涼的磨石子地板，各捧一本書，熱氣似乎在那消散，鐵皮招牌上大大的「南一書局」字樣，雖然大但斑剝待廢，就像許多人眼裡書店的經濟價值一樣。男孩抬頭，透過玻璃看見父親騎著摩托車正在門口停下，一躍而起，把書放回書架上，衝出。

「爸爸，我今天賺四百二十五元哦！」男孩得意地大喊。父親一貫憨淡地笑。

男孩八歲，女孩六歲，正是小二和大班的時候，他們眼珠子銀閃閃的，反射的不是外頭的陽光，是書頁間墨水綻放出的輝映，著迷極了，好像世界不可能會崩壞，好像不需要玩具了。男孩自己發明了一套「賺錢機制」：在書店裡看完一本書，就等於賺了一本書的錢，看幾本就賺幾本。說來他很早就發現，和現實最安全的距離，就是用現實的方式談論夢。

「是呀，如果書架延伸有三層樓高，那會不會所有的玩具就都沒空玩了呢？所以，其實不必買任何玩具，因為沒空玩。」男孩總在書店裡抬起頭，看看四周想著，又安心地低頭，回到書裡，回到那個奇妙變化快速的世界。

前些年，家裡遭逢劇變，不過也尋常得緊，就是長輩欠了些錢，波及全族，不過那些個險惡，孩子毫無所悉，只知道大概這輩子都不好開口要買玩具了，於是擅長找出理由說服自己的男孩，總在不同的景況裡，用自己的說法讓自己好過，讓別人好過。

彼時，父親自世家大族中的二公子，突然得出外謀職，成為上班族，週六孩子下午放假的時間仍得上班，困頓但樂觀的他，突發奇想，想說把孩子送到有冷氣的地方，等他下班再來接。思來想去，要不妨礙人又得夠安全，他想到了書店。於是，他把孩子們送到台南博愛路上的南一書局，空間夠大，不至於妨礙人家營業，甚至還多少可以充個人場，同時也十分安全。畢竟，會想到書局逛的人，不太會想到要抓小孩子，那對兄妹就成為南一書局的不支薪看板顧客了。

沒想到，這輩子他們就都沒出來了。

一輩子都在書店裡的兄妹

有些地方，你會想去，而且一去再去。不時就想去看看，有事去，沒事也去，心情煩悶時去，心情大好也去，沒有心情？更是要去。

每個人都該有這種地方，每個人都該找到自己的這種地方，如果你還沒有，我替你禱告。因為這世界雖然大，但難免，你會有無處容身的感覺，這時，那個地方，就是救贖，就是你可以讓自己安定沉靜的去所，當你不知道去哪裡好，當你不好意思叨擾他人，你可以走進去，在裡頭獲得休息，在其中找到能量。當然你也可以在那裡，顧影自憐。但總是，你得要有這麼個地方，好讓你去。我和妹妹，就在那書店裡，繼續神遊，在不同的景況裡，進到「南一書局」裡，儘管招牌可能不是寫這個名字，但意義是一樣的。

這亂世裡要安身立命，真的很不容易，感謝主，感謝我的父親，他曾送我許多禮物，大多數是金錢無法買到的，而這地方也是他送我的禮物之一。

後來發現，我可以在廣告工作裡勉強稱職，也是由於那時的訓練，我可以試著以大人能懂的貨幣單位，用現實世界裡的計量方式，向務實且講究效率的大人們溝通孩子般的思維，就算那是一件多麼形而上的對話層次的作品，更好玩的是，我總在面對現實難解的題時，可以自圓其說。

自圓其說，當然是北七如我在這事事講究實力的塵世裡，想方設法活下去的訣竅呀。其實，當你看書時，你也就在練習這招。因為文字需要你的想像力，每一篇故事，當它以文字在你眼前出現時，你就得用上自身的力量，去構築主角的長相，去揣摩周遭的場景，去傾聽每一個配角人物的驚嘆、咒罵。

回想起，當我在南一書局裡第一次讀到馬克吐溫的《湯姆歷險記》時，真是興奮無比。北七如我，彷彿回到國小當班長，曾帶著全班去老師家的路上一起燒草原的那時……自然是有許多可以相印證的快樂機會，那時我也偷偷希望自己以後可以變成馬克吐溫。

現在你眼前的文字，原稿就是用名為「馬克吐溫」的鋼筆寫的，希望你喜歡，就像那年我等著爸爸，等著生命裡的那些不痛快消逝前，在南一書局裡享受著《湯姆歷險記》。當我讀到湯姆跟我一樣，沒什麼好玩的又沒什麼是不可以玩的時候，真的會感到無比地被鼓勵，比全班一起愛的鼓勵還鼓勵。

到處都存在的書店，到處都不存在的我

幾年前，我曾興奮地帶著妻到南一書局（編按：南一書局門市現暫時停業）。橫跨了幾十年，那個入門後右邊的角落，是我一直挨著的地方，依舊沒變。當我伸長腿跨過那個蹲坐在磨石子地上的小男孩時，妻好奇地問我在幹麼，我說：「你看不到嗎？有個小孩子坐在那裡呀！」妻罵：「神經病。」

於是我知道她看不到，她看不到那孩子臉上滿足的表情，她看不到那孩子無視

於外面世界正在緩緩崩解落下，當那些燃著火融化的碎屑，劃過他身旁時，卻奇蹟似地降了溫，變成美麗繽紛的雪花，但他不為所動並未起身捉捕。

當母親車禍成為植物人的消息，變成一個病危通知的五乘八公分的粉紅色簡箋，以時速三百公里衝向他面前，且隨著靠近而占滿他所有視野時，他可以低頭把眼目放回書中。

當父親罹癌，憂傷並沒有世界拆毀，而是把周圍所有的一切物事，以一種如同泥沼的黏著劑，膠著黏固並調染上灰色，他在清楚自己的無能後軟弱地鑽進書裡（奇妙的是，若單只有無能，感覺很無能，若加上為力，「無能為力」，就變得中性許多，變得可以忍耐和體諒，而這也是書教我們的事啊）。

站在南一書局裡，涼涼的冷氣，跟三十年前一樣吹出，我想著，那當然不是逃避——讀書當然是自我保護機制，那樣的脫逃當然不會是永遠的，你終究得探出頭來，那當然是生命的一部分，但這樣的脫逃是有意義的，甚至比起許多你用盡全力想守住的權力，都更加有力量，支持你往人生的下一回合。

就像你可能脫離台北，來到台南一樣。

或許，李安踩踏過的階梯

妻：「我一直以為南一書局並不存在。」

我：「什麼意思？」

妻：「我是說，它不是出參考書的嗎？我不知道真的是一個書店。」

我想很多人也有相同的疑問。是呀，南一書局不單單是小時候出很多參考書的出版社，而且它老樸得有點樣子，門口方方的柱子以大概二十年前的油漆寫著「世界名著」等字樣，且字體斑剝掉落，感覺那名著好像也因此真的很有名。

走進店裡，書架雖然整齊，但一眼就可以看出大概已經成年可以投票了，至少有二十年以上的裝潢，過去所建機能性為主的樓梯，踩踏其上，拾階而去，毫無設計感可言，跟那些個光鮮亮麗的連鎖書店不能相比，好有生命的質地。而且真說起來，因為靠近南一中，離李安的老家十分近，且又年代久遠，我想李安也可能踩踏過這毫不起眼的台階，跟我一樣尋尋覓覓適合的那本書，跟我一樣迷惘困惑。

是呀，誰在書店不迷惘呢？那可是好多好多人生的總和呀。

若早幾年，還能在二樓跟店員們借廁所，你會一路踅過擺設整齊稍嫌呆板的書籍們，直走到最左邊的角落，一個人可以轉身的空間裡（超人換衣服可能會撞到膝蓋而尖叫），那麼窄小的空間，隔著小小的抽風機，與外面的世界交流。

我想著，安睡在這店裡的書，是不是安靜地靠著這窗在透氣，在呼吸？而且一個吐納就是三十年？

Chasing Pavements，南一書局是 Adele

書店對我來說，一直是一個神聖又親密的地方，類似媽媽的子宮。一直到現在，對於現實世界適應不良的我，只要嗅聞到空氣裡似乎有那麼點不適合，周遭的環境有那麼點不友善，我就會鑽回去。而書店就是那樣一個賺不了大錢，卻又非得存在的地方。我常常覺得書店的存在，是為了別人的存在而存在，自身就是意義。對我而言，南一書局是 Adele，獨立自主，又有很多愛，雖然它其貌不揚。

喜歡 Adele 的〈Chasing Pavements〉，歌詞裡唱著：

I’ve made up my mind, don’t need to think it over.
If I’m wrong I am right, don’t need to look no further.
This ain’t lust, I know this is love.

But if I tell the world, I’ll never say enough.
‘Cause it was not said to you.
And that’s exactly what I need to do if I’m in love with you.

Should I give up or should I just keep chasing pavements.
Even if it leads nowhere?
Or would it be a waste even if I knew my place.
Should I leave it there?
Should I give up or should I just keep chasing pavements.
Even if it leads nowhere?

我幾乎每次聽這首歌都快潸然淚下（而且多是在周遭一定會尷尬的狀況下），但說真的，每個人一定有喜歡並且深愛的事，通常這事也一定有從世俗眼光看來不合算的地方，卻也有因為無法計算所以帶給世界滿滿的意義。

重點是，你喜不喜歡不後悔的自己？

不在地圖上的北七景點蝙蝠洞地下道

南一中時，我們喜歡騎著腳踏車在博愛路上晃盪，因為有書店和體育用品店，整個青春期的日子就這樣晃來晃去的。那時的NBA冠軍賽，我們都是坐在腳踏車上，在體育用品店前的大電視看的，看著公牛隊一場一場挺進，看著喬丹在嚴重腸胃炎脫水的狀態下，仍舊上場奮戰留下勝利，並在比賽哨音響起時，虛脫跌入戰友皮彭懷裡。那一幕，一直讓我牢牢記在籃球鞋上，深深覺得喬丹若是蝙蝠俠，皮彭就是喬丹的羅賓，而我這輩子一定要找到我的羅賓。

離南一書局不遠，沿著北門路走，有個地下道，大約就是一層樓的深度，讓人們可以從博愛路藉由往地下走，通過鐵道，去到火車站的後站。有一回，我問我身旁的方同學：「你敢不敢騎下去？」方同學不加思索地回答：「不敢！」為了證明我是蝙蝠俠，而他不是我的羅賓，我說我敢。

於是，我騎著我有菜籃的淑女車，往馬路上退，並在深吸一口氣、連續四五個快速的踩踏後，衝進那地下道，當前輪騰空離開地面的時候，我就後悔了——到底我為什麼要騎腳踏車飛進地下道呢？這事後來我想了二十年，還是沒答案。

我兩手用力抓緊煞車，卻沒有發揮任何作用，因為輪子在半空中煞住，好像意義不大。接著的三秒鐘，大概是我這輩子靠自身力量最遠的飛行。失去地心引力的感覺很好，但我直覺接著要發生的事，我不會太喜歡。當從南台灣豔陽中的光明墜入地下道裡無盡的黑暗裡，我想我要面對的是英雄人物都得面對的那未知的恐懼，因為瞬間眼前一片黑，恐懼攫住我的心，並讓手臂感到用力後的僵硬，就像偉人柯爾特盧（就是

在下我本人），曾在一次躲避球的戰役中說過：「跌倒並不可怕，不知道哪時跌倒才可怕。」我深深覺得人生或許就要在此結束了，而且有點蠢。

隨著轟然巨響，我著陸了。雖然不完美，但我竭力把持著手把，彷彿駕駛著載滿五百多名乘客的豪華七四七，我做為一個救亡圖存的機長，自然要堅定冷靜，更要保持帥氣。在車子繼續往前發出奇怪聲音前進了五公尺後，我轉頭往上面向方同學。逆著光，我看不清楚他的表情，只看得到他身體的剪影，我大聲說：「帥吧？」只聽到他馬上大聲回答：「你是肉呆喔？」

「肉呆」是我們那時的慣用語，意思類似白癡，但更白癡，接近超白癡。

我問：「你要不要騎下來看看？會飛起來哦。」他毫不思索地回：「我又不是肉呆！」這句話其實是值得商榷的，因為方同學在我們班上的外號就是「肉呆」，被肉呆罵肉呆已經很虧了，而肉呆還不承認是肉呆，那真是天地無用呀。「那你等我騎上去！」不知道為什麼，我竟然又想到比衝下地下道更蠢的主意。

最後，我忘記我是怎麼騎上去的，只記得，回家的路上比平常多花了一倍的時間，因為淑女車的車輪整個大歪掉，騎的時候，會左右晃動，基本上比較像是向左走後再向右走，一路蜿蜒蛇行，呈現未成年請勿飲酒但可以物理性醉酒的狀態，而原本七公里的回家距離，就在左右迂迴倍增的狀態下，多了許多。看著菜籃裡的南一中書包，我想的不是為什麼我會想要騎腳踏車像ET那樣飛，而是書包為什麼都沒飛出去呢？裡頭的書果然有神祕的力量呀。

不三顧茅廬，但必進草祭

「陳南溪」是我很景仰的一位作家，她出身於台北，近幾年南遷到台南，我因為妻的關係，認識了她。一開始一年只能見上個兩三次面，連多言的我也只能搭上兩三嘴且多是言不及義，幾年下來，才漸漸能說上個幾句話。偶然間，知曉她作家的身分，景仰之心倍增，每每求一窺作品，未果。

人與人的交往，其實，就跟舊書店的關係一樣，你或許明白其中有寶藏，但並不保證你的才慧就能一掘。陳南溪住在北部時，我住的地方離她的居所不到五分鐘，而在那長達一年的時間，我們反而沒有太多交集。一來我工作忙碌，返家已是貓頭鷹開國民大會的午夜，二來假日我總想下山多親近前女友（也就是今天的妻），便無暇拜訪。沒想到，當她舉家住到我朝思暮想的故鄉台南，我們反而較多交往。

陳南溪的創作原以德文為主，那些著作我因為語言的關係，不曾親炙，近年來轉向華語，也從此開了我一扇窗。她的文字清新且有見地，更常在峰迴路轉之時，突然跳出一個攔路大盜，硬生生給你一句殘酷但真實無比的警世話語；描寫的觀點出色，每次讀來都饒有興味，總會忘記我正在南方暑氣裡蒸騰，一旁還有巨大的狗正在舔我的手，眼前有德式家常餅乾。

我常從她的肢體動作感受到她對創作的渴求，還有對閱讀的癮頭。她是那種你得把她的書搶走，才有可能跟她講話的人，甚至一同到外面餐廳用餐，也隨手帶著書，隨手把頭埋入，書本彷彿就是她的臉，而她的臉變換極快，且愈來愈厚。也因為這個閱讀習慣，我跟她才有交集，

知道她有愛書的癖好，我大膽提議台南的幾家舊書店，想討她歡心，其中我最推薦的就是曾經開立在孔廟商圈周遭的「草祭」（編按：草祭已於二〇一七年歇業，老闆蔡漢忠於漁光島開了一家「春山外古書店」）。只是當年陳南溪才十歲，去哪都

得爸媽載。欸，十歲？不行嗎？我喜歡的作家不能才十歲嗎？有規定喜歡的作家非得是幾歲嗎？哈哈哈。

我總在北部被沉悶工作低氣壓吸去氧氣後，拜託陳南溪借我瞧瞧她近來的作品，提醒我仍有嶄新觀點，鼓勵我創作是為了自己的樂趣，而不單單只是商業利益。有時我覺得我就像在南溪旁邊端坐大大流著口水的高山犬Mia一樣，涎著臉，渴望著作品的刺激，因為我想要從新得力。對於草祭，我也是這樣。

不知道從哪一年開始，我發現家鄉台南開了這麼間舊書店，如此珍貴可愛，於是，以前我總要求自己每次回鄉一定要去草祭，每次去草祭一定要買一本書——爸爸以前常說我，既然那麼會花錢，那至少花在有點意思的地方。而且，根本不可能花多少錢，你週末去KTV唱個歌，也許沒唱到十首歌，當大家的分母分下來也得花個快一千塊，而用一千塊買書，你可以買幾本舊書哪？

不過，比起錢，更重要的東西還很多，比方說，力量。

我常在想，每樣我支持的事物，其實，也都反過來支持我。當我看見我欽羨的生活方式，在世上以掙扎但優雅的姿態存活著時，我就會覺得我離死亡還有點距離。

老屋欣力，和時間玩遊戲，靠的當然是心力

來說說「草祭」當時獨特的書店設計。

跟人一樣，當然不是一出生就是那副優雅模樣。以舊建築為本體，加入許多設計巧思，把地板打掉，創造一個你要先往下走，再往上爬，才能到書店的最後面。當你爬著樓梯時，不要覺得辛苦，你會得到許多樂趣，至少當你要往下前，你會先看到許多作家簽名的石頭，被整齊排放在眼前，多麼優雅，多麼有意思，我人生的終極目標就是希望能擺在這些名家他們旁邊，就算只是墓碑。

在費心力的設計裡，長長的竹梯斜倚在高高直達二樓的書架上，一顆一顆繽紛石頭鋪成的老浴缸，輕鬆擺放了許多日文原文書，黃色的燈光，讓磨石子地板承受了陽光，反映出一個奇怪的時間。

進門後，你可以看到許多詩集，蹲下身來仔細端詳，你會驚訝這些詩集的年紀可能比你大上一些，我就曾送過幾本出版時間和朋友們出生同年的詩集，這該是多麼有趣的禮物？這世界上有好多用錢就可以買到的大量複製品，要是你可以送朋友

一個不太一樣的東西，他臉上的笑容也會不太一樣。

除了書，你要去哪找一樣和朋友年紀一樣的禮物呢？最有趣的是，這禮物還會長大，跟著朋友一起繼續長大，朋友幾歲它就幾歲，明年又可以再拿出來過一次生日，多環保（噗）。

是呀，我對時間一直很著迷的。那種一去不復返，讓它珍貴許多，就像當你攀過那因步伐踩踏而柔軟形變、服貼腳步的階梯。那時，草祭二樓的玻璃窗上，用白色的漆娟秀的字寫著詩句，透過詩看藍天，透過藍天讀詩，而那樣的時光都會消逝——如果你不小心。

就如同牆上蒐集布置的巨大鐵窗，金屬纏綿形變，寬廣堅固柔軟，對我而言，勝過變形金剛許多，充滿了優雅習氣，那不單單是日本時代工匠們在展露自身手藝細巧，和不同商號互別苗頭，隨著時間流轉，也成了時代的印記。你現在就算有些錢，又要去哪裡找這些已消逝的匠人為你打造這片風景？於是，你會珍惜，就像對書籍，就像對時間，然後，有機會的話，你也會珍惜起自己來。

還有還有，在草祭裡，你可以尋到些奇妙的物事，多是由草祭蔡老闆協助文創夥伴寄賣在店內，比方說阿里山的檜木精油，味香質純。當我出國拍片時，我喜歡帶著它，當我在零下四十度的北國拍片，忍受白天只有五小時，夜晚比西伯利亞鐵軌還長，且寂靜無聲，沒有其他只有寂寞和冰冷占滿你的身，我會拿出來嗅聞，彷彿回到我遠在幾千公里外的故鄉。最後，我還送給那不會來到台灣的外國朋友，讓他們在到寶島前先感受台灣的豐富生命氣息。

當然，還有以孔廟前的下馬碑製成的筆，很有意思，在修長如毛筆形式的長長筆身上，刻印著「文武官員軍民人等至此下馬」，原是用來提醒不管你是多大的官抑或多強悍的軍頭，當你面對文化時，你都該從你尊貴高大的馬上下來以示敬意。

我常會買給朋友，不是要他們給老闆下馬威，而是彼此提醒，我們都沒什麼了不起，我們只是在這世界上為創意服務工作的人，自然該為渴求新想法而身段柔軟，但也不必去懼怕權勢富貴。

畢竟，在文化面前，他們也該畢恭畢敬，表示點敬意。

在過去，若要前往這麼美的草祭並不是太難。你可以坐高鐵接駁車，往市政府的那線上，在王建民的母校「建興國中站」下車，眼前滿滿的綠意那就是孔廟園區，而草祭就在對街樹蔭間向你揮手。不過不要像我，有回要搭車北返工作，坐在建興國中門前的石椅上等接駁車，看著放學等家人來接的國中生，討論著手機上的漫畫，我想說車還有十五分鐘才來，不如先去草祭書店逛逛。沒想到，提了幾本書要出來時，竟看到接駁車遠遠離我而去，莫可奈何之下，想說下班車還要等半小時，不如就再進草祭逛逛吧。沒想到，下次再出來，兩手提著更多書的我，又再度看到接駁車的背影愈來愈小，想追也追不上，於是我又鑽回草祭，再等下班車……。

接到妻的電話詢問，妻以為我已在北返高鐵上，應該快抵達了，沒想到我竟然還在台南的草祭書店裡。聽著我怎樣的殷殷說明，講述如何不巧，又是如何差那麼一點點錯過兩班車……她說，這意外，她一點也不意外。

我想，這種北七事，大概只會發生在我身上。三進三出，如此來回，簡直就是劉備惜才，探訪孔明，彷彿也是私心裡不想離開書店；也像我們平常看書時，不想闔上，只想一頁一頁，停留在故事裡。

已消逝的隱藏版創作——小說

若你曾攀上草祭的二樓，繞過數列的藝術音樂書籍，來到房的另一側，有張巨大的木桌，那是一個生命的重大轉捩點。

二〇〇九年五月，一個導演在那張桌子誕生。

當然，它不是你想像的那種產房裡孕婦躺臥的接生台。它是一張看來尋常但紮實異常的木桌，上面有個綠色燈罩的銀行燈，散發出淡淡的黃光，上了漆的桌面，光亮反射反映你的面容，卻真的接生了我的一個孩子——我的第一個廣告片內部製作會議，就是在那張桌上展開的。

那時我還是廣告公司的創意總監，因為覺得拍片很好玩，於是幾經掙扎跟客戶拜託，讓我來拍自己發想的片子，好心的客戶竟一口答應。可能看我一表人才講話誠懇，多年來也沒出過大錯，只有出言不遜老是頂撞，雖然白目但都有戴墨鏡遮醜，大人大量的他們慧眼識狗熊，就願意讓我一試。

故事本身簡單異常，但跟我自己的偏好有關。由於是個促銷廣告送iPad，我想，因為我喜歡賈伯斯這個人，台灣每個人都知道賈伯斯的蘋果發表會，就叫他來送就好了，於是我們再現iPad的發表會，讓「假伯斯」自己跟大家講你不必羨慕別人有iPad，只需要喝這個飲料就可以得到。維妙維肖的他一邊還拿出我們都很熟悉、上面大大寫著中文字的商品喝了幾口，對鏡頭微笑。這故事再怎麼看都很違和，但聽過的每個人都大笑，也很符合我的北七風格。

那時和客戶開完會，製作公司的監製夥伴說：「導演，我們要不要找個地方坐下來討論一下？」

正覺得新鮮的我，也想帶他們去個新鮮的去所，我說：「欸，你們有看過用書堆成一個店的門面嗎？」

那就是「小說咖啡聚場」。由草祭蔡老闆精心創作，一個非常文風的小咖啡館。「小說」基本上就是以書來打造全店的每一處。你可以站在門口，欣賞門面，也欣賞書的封面，你可在那裡驚嘆那以幾千本書堆成的門口，也可以讚嘆那其中幾本書的年代久遠，是個用時間的磚堆成的新造的門。彼時，我雖然是大廣告公司的創意總監，但在那門面前，我覺得自己好沒創意。

選擇「小說」，因為那讓我感到驕傲，台南不單只有古蹟，還有帶人味的創新，而那也是台灣所需要的。創意人總會在意腦力激盪的地方，甚至我們有種迷信，在有創意的地方，我們想出來的東西，就會更有創意。不開玩笑，這是真的，因為當你周圍環境的作品都很優秀時，自然你的作品也會被提升，而這個有創意的環境，不是意味著高檔昂貴，而是一種思想的跳躍。

舉個例子，我們做的左岸咖啡館那支廣告——桂綸鎂在巴黎騎著腳踏車，那麼優雅有質感，而那句 **slogan**：「人是巴黎最美麗的風景」，則是我和師父在台味十足的海鮮攤寫出來的，身旁一大群人以台語吆喝著划拳、魚販們大聲地和客人對某條魚的斤兩討價還價、轟隆作響的瓦斯爐火聲、鏗鏘有力的鍋鏟撞擊大爐聲，或許和巴黎那優雅人文精神有點不同，但同樣充滿活力，同樣飽滿的人味。就在那樣的地方，我們寫出「人是巴黎最美的風景」。

因為，在那一個個大師朱銘才能刻劃的生命作品前，你怎會寫不出厲害的文字？你怎能不去欣賞身旁那一幕幕生猛美麗的風景呢？都擠滿在你視野面前了，你絕對會被刺激的。

幾年後，有中國的朋友來台灣玩，回去後很感動地說「台灣最美的風景是人」，我想，也是被我們寫的這句話所啟發的吧。所以別害怕找個好地方做有趣的事，人生百分之八十的時間我都在做準備，準備做那有趣的事，好像有那麼點沒效率，但至少我還有百分之二十的時間做有趣的事，總比百分之百的追求效率，但驚惶地逼迫自己，最後卻一事無成好。

於是，我們就在那張長桌上，討論著拍片現場的燈光、討論著鏡頭的運動、討論著該有的場景陳設、討論著casting該找到怎樣的演員，討論激烈有效率，因為眼前的咖啡好喝極了，送上來的德國香腸更是精采了我們橫飛的口沫，那就是好作品的一點點可能性。從這張桌子，我完成了我的第一支片，然後在後來變成導演，開始新的職場生涯。

我的第一本書《步由自主——歐洲篇》，也是在這「小說」咖啡裡完成。那時草祭的二樓，走到底的最後一張單人桌，就是我每天下午一點固定來報到的地方。在人們舉家出遊的年節時分，我偕妻各據一桌，伏案寫作，在這裡完成我們的孩子，現在想起那生產過程，還是喜愛和懷念呀。

所以，儘管，小說和草祭已經因為時空因素消失，我還是鼓勵大家可以去人文書店走走，享受時間被善意的凝結保留的美。

不在地圖上的私房景點——孔夫子松鼠

我喜歡在逛完草祭後，走到對面的孔廟瞧瞧免費的字畫和碑文。有時我也會坐在飛簷下，躲躲突如其來但帶著善意的午後雷陣雨，那雨來得急且快，但總可消去暑氣，以免遠來的客人不適應台南酷夏。看雨滴從樹上滑落，公平地打在清朝王宮大國的碑上。

這時你仔細看，就在「義路」門邊，參天的大樹上，會有數顆圓滾滾的眼珠盯著你，渾圓的身軀，巨大和身體等大的尾巴飄動，快速地轉身，我每次看著牠們從頭上腳下瞬間變成頭下腳上，都會想，要是我們開車也有這種可以即刻調轉頭的技術，就不會每次在停車停老半天了。我喜歡看著牠們笑咪咪的樣子，覺得牠們比迪士尼的花栗鼠更可愛，覺得牠們的姿態很快樂，好像我可以偷一點點活力過來。如果你靠近，牠們甚至願意下來到你身旁，你可以請朋友幫你們合照，也可以自己伸長手臂找牠們自拍，但不論如何請你不要過度驚擾這群飽讀詩書的小朋友，理由很簡單，因為這樣下次去，我就看不到了，就跟脆弱的文明一樣。

眼前一把手槍指著他的鼻子

一九五〇年代，盧寬喜在台南市經營小小的水電行，一來身為台灣首屆水電技師，有執照，技術也不賴；二來也是真正的原因，有個賢內助，幫他打理人情世故。工程一個接過一個，其中也不乏達官貴人在其中支持，姓啥名誰，就不必深究，總是時代的軌跡裡，陰暗的那些面。

但小老百姓在大時代中，其實脆弱無比，這點，盧寬喜比誰都清楚，就跟水管尺寸不對，接起來就是會有問題一樣。改朝換代後，走了罵「吧嘎野郎」的阿本仔，卻來了穿不一樣制服罵風也不同的的軍人，但一樣，望著他們你得頭低低的。這是安平人清楚無比的事，簡直就像海邊那一道道潮水，走了一道，露出了些許海灘，但緊跟著，又會再來另一道，同樣把你好不容易堆起的小沙堡，輕易捲走。

就像現在，眼前是一把手槍指著他的鼻子，讓他想起十幾年前的事。

那是個尋常的下午，一個軍人蹬著草鞋進門，大呼小叫地「老闆老闆」喊著，店裡伙計也不敢搭腔，轉身就往店外跑，硬是要老闆出來處理，盧寬喜也不是不害怕，但自己也當過軍人，還一路沿上海、常熟打到武漢去，雖說那時自己根本搞不清處哪裡是哪裡，但最後搞清楚的是，戰爭裡再大的官也只是人家的棋，每個人都是不由自主，都是心裡滿滿怨懟和害怕，只是表現出來的，就是大呼小叫。

眼前這軍人，看起來也是年輕人，恐怕也還不到二十歲吧，看著他，盧寬喜想起自己那時才十幾歲，被日本人拉去說是要去做工，直到了上海穿上軍服，才知道是要去中國打仗，要說莫名其妙，還真是莫名其妙。那時的安平區長就這樣拐騙地說要去海南島幫「製鹽會社」工作，薪水不錯，講定一天工資二十日圓，誰知道叫你去殺人，或者說，是去被殺。

不曉得眼前這穿著有點邋遢，肩膀往兩旁垂下的年輕士兵，一天領多少錢？盧寬喜想著想著，差點出了神。那士兵見老闆不理會他，硬脾氣上來，大吵大鬧，搞得附近鄰居也在門外偷看。盧寬喜的出神性格後來成了隔代遺傳，直到孫子輩，都常常是泰山崩於前面不改色。倒也不是勇敢，純粹是出了神，身子都埋進去，也還是北七地眨眨眼睛，請問人家有什麼事。

「你愛啥？（Lí ài siannh?）」盧寬喜的國語還沒練得透徹，但對方好像也聽得懂。

對方氣急敗壞地在牆上比來比去，手靠近牆一直旋轉，盧寬喜看了一眼，大概就知道。

店裡當然有那東西，只是，那東西不是那樣用的，該怎麼解釋，對方才能懂呢？

盧寬喜自盒裡拿出一組新的，在牆上比劃，勉強用台語講了老半天，對方瞪著大眼有聽沒懂，就是個沒耐性的，要立刻拿走。

「多少錢？」對方急問，這句國語，盧寬喜倒是懂，跟他比了個三根手指，沒想到對方付了兩銀圓，就笑笑走了，盧寬喜也陪著笑，不追那一點錢。

錢從來就不是最重要的，命才是呀，盧寬喜想起家裡那沒幾歲的大兒子，雖然聰明，但也喜歡到處跑，可別遇到剛那樣的軍人才好。

日子靜好，只是未到，自己這輩子好像就是得來被戰爭捉弄的。打了一個不關自己事的戰爭，歹活下來，又被這不相關的戰爭給賣了，連講話都要重學，真搞不清楚自己算是幸運還是倒楣。還好，對現實世界他從來就不想太多，還是坐著發呆做夢比較有意思。

妻自外一頭汗奔進來，劈頭就用台語問：「店裡怎樣？」

「沒怎樣啊。」他被妻突來的大動作，嚇了一跳。

「沒怎樣，有人來吼？」妻追問。

「有啊。啊中午吃什麼？」他突然覺得肚子餓，很自然地問好廚藝的妻。

「只知道吃，我在市場聽說阿兵哥來咱店，要幹麼？」妻急著問。

「要買水龍頭啦，我餓了。」他真的覺得很餓，大家好麻煩。

「好啦，我來煮。」妻轉身，就往後頭灶房去。

一日無語，他就著門口打瞌睡，想起小時候跟哥哥抓蟲的事。

隔早，事情才來。

騎著腳踏車，過了街市，他遠遠地就看到一群人圍著，他想一定有好玩的，可能是有說書的，不然就是賣藝的，反正，大家閒著也是閒著，賺不了大錢，就湊湊熱鬧也很開心。他推著腳踏車邊借過，邊伸長脖子想看清楚，愈鑽愈覺得奇怪，隨著從圓圈外圍逐漸往圓心前進，似乎愈走愈好走，大家都主動讓出條路給他，愈走愈往前，發現圓心是個小店，招牌寫著「太陽水電」，正是他的店鋪。

大家表情都怪怪的，盯著他看，一臉期待的樣子。他想說，總不會生意上門，而且還是接不完的生意呀？

「×你媽的。」突然一句石破天驚般，這句他很熟，那些軍人老講，只是這個講得特別大聲。

轉頭看，招牌下站著的，不就是昨天來買水龍頭的年輕士兵？只是一臉兇神惡煞，兩手端起，就是把步槍，指著他的臉。

盧寬喜兩手抬起的同時，發現身邊本來團團圍住的人群，突然都不見了，只剩他一個。簡直就像什麼，對，那個靶場裡的靶，孤單，知道待會兒很痛，又走不了。

「你騙我啊，×你媽的！」那年輕士兵眼睛裡滿布血絲，而且真的真的想殺人。

盧寬喜看著他的眼睛，他看過這種眼睛，那時，在日本的軍營裡，一個長官從外頭回來，就是有這種很像瘋狗的眼神。傳令兵只是出聲邀請其吃飯，就差點吃子彈了，聽說，那長官從南京城出來，殺了一堆中國人。

而眼前的中國士兵，眼神是一樣的，瘋瘋的，好像地盤被踩踏，急得想咬人的狗。盧寬喜看著看著出了神，覺得世界上一樣眼神的人卻會殺來殺去，真是奇怪，有這樣的共通點，他們該是好朋友啊。不過，日本兵和中國兵也真的是好朋友，因為他們都會欺負盧寬喜。

眼前士兵嘴巴繼續動著，但其實是無聲的。不知道是空氣被抽走，還是因為太害怕，盧寬喜完全聽不懂也聽不到這士兵瘋了似的話語。他只是覺得，大家好麻煩，好愛生氣。

旁邊有人搖了搖他，是個地方上的活躍分子，就是會在日本人面前活躍，當中國人來時又會在中國人面前活躍的那種。

「他說你騙他，說這是壞的。」那活躍分子很認真地說著，平常很討厭的嘴臉，這時看起來怎麼慈祥得像水牛。

「哪有壞？新的耶！」盧寬喜氣不過，終於回嘴。

活躍分子活躍地翻譯給那士兵聽，盧寬喜突然覺得高舉的手痠了，但又不敢放下來。

「他說這插到牆上，沒有水出來啦。」活躍分子一臉憂容地轉過來對盧寬喜說。

一股氣湧上來，盧寬喜把那士兵手上閃著金屬質感的水龍頭搶過來，一把丟在地上，「×，你跟他說，沒自來水管，裝水龍頭，哪會有水?!」

活躍分子仔細地比手畫腳對著士兵說明，那步槍慢慢地放下來，盧寬喜僵硬的全身也慢慢鬆軟下來。他覺得好煩，大家好愛生氣。

那士兵年輕的臉龐，隨著活躍分子的解釋，慢慢緩和下來，取而代之的，是屬於那年紀會有的羞赧。

人在風雨的時代裡，總被迫要在外表剛硬一臉憂容深怕被欺侮，而心裡其實卻害怕得緊。彼此都如此，誰又不是一個無奈，無奈地成為殘酷無禮的人？

那是一九四六年十一月。

三個月後，發生了二二八事件。

沒想到，盧寬喜反而在那個混亂的時候，收留了被追打的兩個中國兵，那當然又是另一段故事了。

成語接龍開始，手槍的手呀，啊不對，是手槍的槍啊

二二八過了十多年，眼前又是一把槍指著他，一切都一樣，大家好愛生氣。

槍管之前，這是一九五〇年代，槍管的尺寸不同，但出脾氣的意思一樣，還有目的一樣。

盧寬喜看著眼前的槍管，想著，會用槍指著人的，大概都不會立刻開槍，或者根本就不會開槍，那槍只是一種道具，不是無法發射，而是握著槍的手，並不會扣板機。若會開，一開始開了就好，何必在那又比又指的，那是槍又不是指揮棒。

當然這事不好說破，一臉憂容也不能說破。所以他就像之前一樣把手掌打開，兩手高舉著，看對方要怎樣。

而其他人更是老早就雙手高舉，動也不敢動。

「現在，還要不要出場？」那男子站起來大喊，其他人都不敢出聲。

幾分鐘前。

這裡是安平路，也是從台南往安平的起點，運河在這裡和馬路平行，離故鄉那

麼近，一臉憂容的盧寬喜覺得實在沒有道理死在這裡。這個「台南大舞廳」他不習慣來，也不想要來，還不是公子說想來，他可一點也不愛這種地方。

說來也麻煩，隨著事業愈做愈大，你得和世界更多的接觸，盧寬喜不是不會人際社交，一臉憂容只是容易感到無聊，幸虧賢內助很懂得打理，且面面俱到，所以處處有人情，但人情冷暖也很難說。比方說現在，要不是因為人面廣，現在眼前也不會有這麼把槍。

公子說要來台南玩，也不過是這幾天的事，說難得到南部來走走看看，要當地士紳陪同參訪，擺明著就是要人招待。也不知怎麼搞的，寬喜就成了個士紳，平常也不見有人對待他多紳士。

一來自然帶公子去幾處不錯的名勝，還有知名餐廳吃吃喝喝，但公子好像沒什麼興趣，你說怎麼知道？拜託，有眼睛的人都知道，看他拚命在講解的導覽員面前打哈欠，看得一旁的士紳們，都替他有點不好意思，明明是大白天，哈欠打成那樣，好像眾人打擾了他的睡眠。

寬喜倒覺得自己好像進了一場夢裡，眾人如此嚴肅認真，彷彿煞有介事地在事前開了那許多的行前會，就為了好好盡地主之誼，並讓這位嬌客感受到古都的文化之美。沒想到，沒感動就罷了，對方好像很感冒呢。在這兩造中間，他帶著易出神的眼望著，這不是場荒謬的鬧劇是什麼？比自己做過的所有白日夢，都來得瞎。

這位公子是當今的大公子，以前就耳聞許多荒唐行徑，今天真的遇上，果然不是蓋的。不只眼神迷濛，且率性自然，說要去哪就去哪，想怎樣就怎樣，絲毫不管他人安排，真要說起來，其實有點缺乏常識。

寬喜心想，大概也不能怪他，被眾人寵愛，也是這小島上最大的長孫，以古代來說就是皇太孫，自然百般寵愛集一身，只是對他是好是壞也很難講，當然自己也沒什麼好說的，還不是被迫在這場子裡了？

到了晚上，吃過晚餐，眾人本以為可以解甲歸田，各自返家休息，和家人閒話一天陪遊的無趣。畢竟，在這南國，人們多還是依循著日出而作日落而息。沒想到，隨扈臨時把人拉到一旁，說公子一天公務下來，晚上想去娛樂，要幾位作陪。

只見大家還得面不改色，堆出一臉笑，急忙點頭稱是，還有位黃老闆直說當然當然，看在寬喜眼裡，真是當然麻煩。

啊既然累就回去飯店早點睡，不然一直打哈欠是魚在游泳換氣喔，水仙宮前面魚攤上的那些魚都沒打那麼大的哈欠過，寬喜想著，但還是得跟著眾人前去。

一行人來到這台南大舞廳，已是晚上，幾輪酒下來，換寬喜哈欠連連，就跟他的外號「鱸魚」一樣，說來也不是舞小姐們不漂亮，實在已經到了就寢時間。看著公子反而益發地神采奕奕，果然不是一般人，在這世局裡，保持一種眾人皆醉我獨醒的姿態，酒一杯一杯地灌，且舞技精湛滿場飛，雖然酒精揮發帶起的動作有點粗暴，但多少還是全場焦點。

隨著時間過去，寬喜自顧自地在座位上打起瞌睡來，記得最後一個清醒的念頭是：「這公子這麼會玩，幹麼還要我們陪？」接著就遁入異想世界裡，在那裡，風很涼，可以坐在那海邊看著海面，當夕陽掉下去的時候，發出滋～的聲音。

突然間，太陽又從水裡冒出來，淋得濕答答的，在要從水面脫離的時候，卻也帶起了些海水，好像蛋黃被蛋白拉住，使勁地往外拉的同時，蛋白依舊攀附著表面，不讓它離開，而那光就透過透明卻略帶黏稠的海水散發出來。坐在海邊的寬喜看得出神，享受著奇妙的景象，手伸了出去，想幫忙那蛋黃脫離那惱人的蛋白，手穿過那濕黏的海水碰觸到蛋黃，可以感受到那海水拉扯的力量。他略微用力，急切地想幫忙把太陽拉出來，卻沒想到手裡的那顆蛋黃突然就破掉，還發出啪的一聲巨響。

他就嚇醒了，眼前，那啪一聲巨響，原來是公子生氣地在桌上一拍，氣急敗壞地站了起來。寬喜揉揉眼，不看還好，一看嚇一跳，那聲巨響之所以那麼大聲，是因為公子掏出一把手槍，用力地摔到桌上。

「現在，還要不要出場？」立著的公子，兩眼圓瞪，大聲怒吼著。

寬喜看到現場所有人酒都醒了，臉色慘白，再看看一旁一位舞小姐一臉驚惶，還有個經理模樣的男子涎著臉一臉畏懼，心裡猜到個七八分，八成是公子興致來要把人給帶出場過夜，沒想到對方賣藝不賣身，不肯就範。向來只有人求他，沒有他求人的公子，一氣之下就亮傢伙了。

寬喜望著，手高舉著，心想，雖然有點畏懼，但怕的不是那公子，而是那公子既沒打過仗，恐怕也不懂槍械，否則怎會把槍給摔到桌上呢？一不小心走火，把自己的寶貝蛋給打穿就算了，還殃及他人該是多蠢呀。又有點想笑，但當然得忍住。

說真的，要真的那麼會舞刀弄槍，怎麼不去反攻大陸，要來我們這個小地方，跟我們這些小百姓大聲呢？

話說回來，眼前這公子相貌堂堂一表人才，若真要風流，也有女人倒貼，何苦這麼沒格調、行差踏錯的，多半也是因為大半家國江山都歸他人，無可繼承大施拳腳，才會在女人面前逞威風。所以大權大貴，若是落空，後代也是可悲。

想到這，自己終究只是條時代洪流裡的小鱸魚，張口吞吐間，也只能看那舞小姐哭喪著臉，被隨扈一行給帶走了。

搭車返家的路上，盧寬喜並不因可以全身而退而開心，倒是不斷想著，自己要是那時站出來，解救那舞小姐，到底會怎樣，舞小姐會得救嗎？自己還能在這想事情嗎？還是就命喪槍下，成為時代洪流裡因一句話而成的一具屍體呢？想著想著，又出神了。

時代洪流衝不走的時光隧道

和盧寬喜一樣在時代洪流裡被沖刷的，還有二手書店。台南有許多二手書店，說來慚愧，很多都還不是台南人帶我去的，是「脫北者」小說家黃崇凱帶我去的。

我已經愈來愈習慣，黃崇凱知道的台南比我多很多，也開始很習慣自己一問三不知，只能搖頭，並擺出迷濛眼神，試圖挽回點頹勢。很多年前，黃崇凱說要帶我去一家二手書店，一聽到書，我就忘記丟臉，只想趕快去。「走走走。」我催促著他，但這一走就有點錯了，我查了Google Map，只需要十五分鐘，我提議走過去，但這路程，原來不是我想的那樣。

去的路上有個圓環，圓環這有鐵路經過，彼時建有高架橋與地下道，我走了兩步路，就困惑了，平常總是騎著摩托車往地下道去，那現在步行的話，又該怎麼走呢？眼看著橋下黑黑暗暗的，我帶著一行人，走在前面，做為地主隊，怎能不知道路呢？我又逞強，實在不想再拿出Google Map。硬著頭皮，往橋下去，依舊晦暗卻柳暗花明，我在台南三十幾年來從沒走過那段路，經過幾個民宅，接連幾個飼料店，彷彿這裡是動物農莊。明明是台南鬧區中的一隅，甚至有用舊字體寫的舊文具店，非常古樸有味。看著前面突然沒了路，想說慘了，沒想到就有個昏黃燈光照出的地下道，那種看起來應該是走進去就會跳躍三十多年（而且不知道是往前跳還是往後跳的那種時光隧道），我一臉鎮定，領著大家就往下走，進入那奇妙地方。

那黃色的光，其實是異次元空間中，粒子在時間中快速移動，從而在我們這個空間所反映出來的波長，在我們的肉眼裡，呈現出黃色。其實，那也表示我們的時間軸是往過去前進。這點很簡單，大家回想看看，舊照片都是泛黃的，就能立刻理解，這是基礎物理學喔，連北七我都知道（以上當然是亂講的）。

於是，我們踩踏一步一步，往過去前進，我小心翼翼領著妻、崇凱和芩雯，走在時間裡，你問我走在時間裡的感覺是怎樣？哦，其實不怎樣，就跟你現在一樣，你也走在時間裡，只是我的細胞比你的細胞稍稍有自覺而已。

當我們走出隧道時，一切都不一樣了。

「你那邊幾年？」

同樣發出黃色的光，那店家在黑暗裡，迎著馬路中央的老城門，放射著時間的光采。我們一行人信步走入，還搞不清楚狀況的我，只被眼前的書浪衝到身體漂浮。載浮載沉裡，我已經失去理智，被浪花一下子帶向右一下帶向左，一下子覺得自己識字很開心，可以看到眼前這麼一堆書；一下子又覺得自己大概是文盲，否則怎麼解釋眼前竟會有一大書櫃的創刊號？那不都該在時間的洪流裡淹沒了嗎？

隨手就趕緊把《聯合文學》創刊號給抽出，擺放在櫃檯，以免被其他快手給橫刀，說起來，頗有女友被搶之感。只是，於此同時卻發現，在這時間的舞會現場，她還不是最耀眼奪目的一位，我在那瞬間，成了多情種子，看一個愛一個，頻頻出手，自書架上取書，毫無忠誠可言。

就在我連妻都無暇他顧，頻頻放浪形骸之時，沖昏頭的我看到，在這奇異的轉角，似乎還有一個樓梯通往另個時空，我依循而上，任由腳上的夾腳拖在磨石子台階上迴盪出劈哩啪啦的台客鞭炮聲，映入眼簾的，是一大堆人，正漂浮在半空中帶著各式微笑望著我。

有海明威、馬克吐溫、余光中、卡繆、卡夫卡、馬奎斯，還有一大堆我不認識但看來就好帥的傢伙，把二樓塞得好擠。我問：「你們在開趴踢喔？」他們彼此微笑，笑而不答。我邊說sorry，邊穿過幾個傢伙，他們有的就跟我一起蹲在書堆裡。翻開版權頁，看到每本書的出版時間都比我年長許多，其中較為年輕一點的我可能還有印象，比方說志文出版社的新潮文庫，我高中時讀到所有諾貝爾獎得主的作品幾乎都是這版本的。更多的是，那鉛字印刷一顆顆，笑咪咪地望著我，要我仔細看看他們的模樣，摸摸他們草紙的質感。我不斷發出「欸你看你看」等無意義的吶喊聲，一邊不斷把書從書架上拿下來。我覺得幸好我平常有跑步，不然以眼前這種狀態，應該很容易腦溢血。

在這奇怪的二樓裡，時間變得很奇怪。我以為我剛進來，沒想到已過了一個小時。而這一小時裡，我不時地會興奮大喊：「喂，老婆你看這個啦，好誇張喔，超久的。」不然就是：「欸，你那邊是幾年的？」

天堂的樣子有很多種，這也是其中一。

厲害的是，書店店主人把同位作者的不同時期著作、不同時間的出版版本，以透明罩放在一起，看來就像是用保溫箱在細心照料這群時間旅行中的小傢伙們。我看到余光中《蓮的聯想》初版，感動莫名，一直把書往自己身上堆起，像座高塔般，彷彿接著我就要順著這塔一路攀上天堂。書店主人問我：「要不要開書店？」

這是我第一次遇到有人問出我心裡真正想做的事。我是真心想開一間與我名字Kurt同音的「喀書店」，在裡面買書送咖啡，買咖啡送書。如果你願意，我們還可以一起brainstorming想一些有趣的行銷廣告。我到處跟人說呀說地，從沒人把我當回事。現在竟有人在我還沒開口，就主動講出我心裡的話，感覺實在有點嚇。

一旁書店主人的詩人哥哥眼神深邃直勾勾地望著我說：「要開書店就要趁年輕，不要像我們現在，很累。」

我站在原地，一句話也答不出，他們臉上的笑容繼續，不待我回答，好像無事低頭繼續手上整理書的工作，我呆站著，以為是上帝藉由他們跟我說話，不知道怎麼辦才好。

「啊，你要不要看八田與一在台灣唯一的完整作品？」埋首工作的店主人突然抬起頭興奮地問。

八田與一就是電影《Kano》裡，由帥氣的大澤隆夫飾演，整治嘉南大圳的日本工程師，讓整個嘉南平原因為有灌溉渠道，而能夠成為台灣稻米的糧倉。我當然頻頻點頭，一會兒她自防潮箱中拿出，包著透明塑料袋的綠色小工程書，上面寫著台灣水利會。「連水利署都沒有完整的版本哦！」店主人興奮地說著。

她說起這段緣由，也頗精采，原來她一直向台南市政府爭取「八田與一紀念日」，長期下來，漸漸地有點可能性，但過程裡當然也是頗多辛酸，就在她氣力放盡之時，政府終於首肯，感到多年辛苦終有結果的同時，突然有人拿了這本書來到她店裡來。「你知道，那瞬間，我覺得是八田與一自己託人拿來給我的。」她一臉歡快的笑容，好像幼稚園裡的小孩子，得到老師的五個圈圈獎勵。

這本原是公務用冊，如今也是八田與一的唯一流傳著作，竟然是唯一善本，不但水利署沒有，連八田與一在日本的後代都不曾擁有，於是他的女兒還有孫子，甚至特地自日本飛到台灣，只為看看前人的作品。看著八田與一的女兒已是八十幾歲的老婦一臉歡欣的照片，我想這樣奇妙的經歷，都是殘酷的時代洪流裡，被洗刷揀選後瑰麗的寶石。

我看著手裡那八本書，除了《聯合文學》創刊號年紀略小我以外，其他每位都是年近半百的中年人，散發出智慧的眼光凝視著我，興奮地我就把他們都邀回家玩了。開心翻閱《小紅馬》的時候，還發現裡頭主角竟然叫「招弟」，以我粗淺的英文程度猜測，大概原名是Jody吧，想到橫越四十年時空，這麼台的我可以認識「招弟」，大概也可以稱為跨越時空愛上你。

更樂的事還在後頭，黃崇凱上車後，偷偷摸摸地自後座問我：「你有馬奎斯的《船難者》嗎？」「我沒有啊。」一邊按下汽車發動鈕的我，信口回答。「那，給你！」崇凱像變魔術一樣突然自後座遞來一本小本的，藍色封面，簡單地立著一人。

幾天後，因為拍片工作獨自北返，下高鐵後轉搭捷運，往返在接續的會議與會議之間，坐定，自背包裡翻出這本可愛的小書。一翻開竟還有一張小信封，不只泛黃，簡直黃過頭，已到了黃與黑的光譜邊，又驚又喜的我，興奮地拍下，傳給了崇凱。

「欸，這位應該是志文版《異鄉人》的翻譯哦！」他很快地回訊息。我仔細看，真的耶，這位收信者莫渝先生，不正是我高中時在一起最久的朋友嗎？幾乎所有我啟蒙的文學名著，都出自他的優美文筆呀，我竟然會在隔二十多年後和他又有交集，拿到他曾經讀過的書，而且裡頭還有他的信，我真是爽翻天了。

那瞬間，我在捷運車廂裡大笑，幾乎就要跳起來，欣喜若狂，好想立刻跟人分享，但我環顧周圍，竟沒有一個認識的人可以講。

好想馬上跟身旁低頭滑著手機的粉領上班族說：「你看看，這本馬奎斯的書裡面竟然有莫渝的信耶，你看這紙的顏色都泛黃了……」但像我這樣留著長長頭髮眼神狂亂的怪異傢伙，若輕易搭訕，可能會造成不必要的誤會吧。

那時，我覺得，這台北城裡好多人，但我好孤獨。

但這孤獨很剛好，讓我可以遇到朋友。

◇

願願啊，爸爸發現，書裡有故事，而書外面也有故事，有時書會湊成裡面和外面的故事。像你現在手上拿的這本書，其實，就只是我小時候看的那本書，後來那書愈來愈大，愈長愈大，不斷膨脹，包含爸爸拍的片子，寫的每個字，講過的每場演講，都在裡頭。

也許，以後你也會有屬於你自己的書。

要珍惜。

鋼筆篇

在鋼筆裡，
尋找一個有趣的方式活

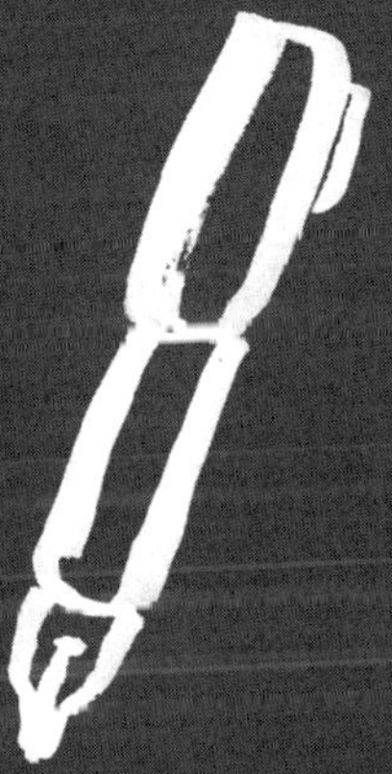

◇

願願，

膩好。

我愛你。

今天還沒五點，爸爸就醒了，起來看一下家前面的水池，白鷺鷥還在睡覺，我已經要開始寫東西了。

沒有人叫我要這樣，而我還這樣。規律創作，其實意味著，你自己創造規律，自己去遵守，那是另一種自由。跟什麼都不做比起來，有時反而感到更自由。

爸爸從小都只想打破規則，老是在想「不這樣到底會怎樣」，沒想到，後來發現，比起跟體制在規則上衝撞，還不如自己開創一套系統，可能是種較有效率的較量。

因為你不是在不喜歡裡勉強找到自己的喜歡，而是在喜歡裡創造自己的最喜歡，那很不一樣。

有時候我們可以逃避，也可以逃走，但要逃到什麼地方去，還是很重要的。

你不能永遠說世界不好，但你自己並沒有想到怎樣是比較好。

當然，很可能一切都不會立刻好起來，但你可以先讓自己好，無論是好受一點，或是好笑一點，都很好。

雖然爸爸通常都是後者。

水深兩潯，記酒兩杯

我的第一枝鋼筆，是為了慶祝拍的第一支片。

「馬克吐溫」(Mark Twain)是個筆名，這名字的由來，據說因為他以前是在美國密西西比河上的小郵輪當領水人，常常得報水深，而Mark Twain意思是水深兩潯、水流平穩，這也是郵輪行走的基本安全條件。不過也有種說法，是他以前在美國西部流浪的時候，常在酒吧點上兩杯酒，並要求記在帳上，所以講Mark Twain。

你喜歡哪個由來呢？我都很喜歡，不過我更喜歡馬克吐溫的作品，那麼輕鬆寫意，那麼有趣。而且在幽默的敘述中，對時代做激烈的控訴。或許有人在讀完哈哈哈的同時，闔上嘴的同時突然意識到，自己其實就是他筆下的可笑人物。

文寶是個房，馬克吐溫住裡面

據某些筆友傳說，有段時間，台灣的高級筆市場，是世界第四大，甚至比歐盟整體還大，而台南的「文寶房」，則是最多筆友親臨交流的重要場域。當我為慶祝自己當導演拍第一支片，想買枝筆做紀念時，我回到了故鄉台南的文寶房。雖然一開始有點怕生害羞，但我就像馬克吐溫《湯姆歷險記》故事裡的湯姆一樣，一下子就和老闆聊開了。

文寶房在哪裡呢？就在北門路緊鄰圓環的第一間，北門路舊稱博愛路，似乎每個城市的博愛路都是那城市的文藝中心。在台南博愛路，最多的就是書店和文具店，從參考書、專業書籍、文學作品到二手書店，從簡單的筆記本、可愛風文具到專業的製圖工具、書寫工具，各式各樣的店聚集，讓人怎麼逛都不累。文寶房就位在這樣的聚落裡，像隻領頭羊，溫馴但發著光。

文寶房本身的建築就帶著創意。或許是緊鄰著鐵道，也可能是文人雅士多愛奇趣，整個房子的形體便與眾不同。當然，也可能因為建築師們也是愛筆人士，因此這文寶房便是在知名建築師的靈光中設計出來。如果你從東門圓環那邊過來，你一眼就可以看到，那灰色低調的材質，卻因為線條多變且非規則的造型而突出，其實，也很像許多舞文弄墨者，刻意低調，但氣質非凡，你就是會在萬千人群中一眼就找出他來。

記得我初次踏進文寶房，有點忐忑，不太清楚該如何開口，且當時並不是馬克吐溫筆問世的那年，但我曾經見過白明奇醫師在寫我母親的病歷時用過，因此一看到那筆陳列在櫥窗裡，背後倚靠著有雅緻封面的《湯姆歷險記》，立刻就喜歡上，那種熟悉感，好似認識已二十餘年，終於重逢。

我假裝害羞地央請莊老闆：「請問方便看看那個『馬克吐溫』嗎？」

「沒問題呀！」他爽快地拿給我看。

「你看噢，這個筆蓋上面的造型其實是以前密西西比河上面的輪船煙囪，這個筆身的線條是密西西比河的水波紋搭配上深藍色的概念，然後筆夾是類似一種口琴啦，他的小說裡常提到。還有你看，這個筆尖上有水手常打的繩結，也在回應他的水手生活。」他興奮地跟我分享，我把頭湊過去，仔細地看。

「當然啦，筆蓋的環上還鐫刻著他的簽名。」老闆看我很有興趣，就把筆整個遞給了我。

就這樣，開始了我的文學家生涯，噢不，是收藏「文學家」系列的生涯。

而我會想選馬克吐溫，除了筆本身優美的設計之外，其實也跟馬克吐溫非常討厭奴隸和種族隔離制度有關，他的作品多數和這主題相關，正和那當下我厭倦體制深感被束縛的心情相近呀。

那時候，我開始懷疑自己，看來是在廣告公司裡一個光鮮亮麗的位置上，但怎麼好像並沒有感到十分快樂，我每天被別人追著跑，只好追著別人，明明我比較喜歡的是追求呀，怎麼搞成了追殺呢？在這場獵殺裡頭，我加快腳步奔著，倚恃著父母給的先天條件，想得快一點點，點子比別人多一點點，反應比別人快一點點。跑得快一點點，就期盼身邊的人也跟我一樣跑快一點，因為感覺後面有巨大的野獸正要衝過來把我們咬死，所以我們得加速咬別的，就算肚子並不餓，也要狩獵。抓到了一個擺一旁，又繼續去捕捉下一個獵物，但其實，我們是被恐懼給追著。

在這場並不饑餓的饑餓遊戲裡，不但沒有吃飽飯後的滿足感，更沒有玩遊戲的樂趣。我開始好奇，資本主義大量鼓勵消費的背後，是不是只有大量利潤而沒有任何鼓勵的意圖？

講錢有點俗氣，說詩比較有趣

記得阿公說過，台南因為發展早，是台灣的貿易重鎮，所以有錢人多，但是也因此稍稍有點不同於其他城市。因為有錢的人多，有錢便不是什麼了不起，反倒多了股文風，人們不愛炫耀賺得的金錢，但樂於分享文化帶來的樂趣，富有的人羞於展露財寶，但喜歡相邀對談詞曲詩文，一般人們會尊重你的專業，也羨慕你專業累積的財富，但更看重你隨著財富分享出來的才氣。

台南在過去當然是個特別的城市。周遭是農村，但城市本身卻發展甚早，也較台灣許多城市早發展出文教區，不單莘莘學子、文人墨客，一般地方上的世家大族，也多愛遊蕩晃悠到這區塊來，翻書談筆，幾百年的文藝習氣，染傳至今。不是只有買賣，更多是閒談玩墨。我每次去文寶房，總有一堆人在此處高談闊論、低頭振筆，你以為他們游手好閒？好閒可能有，但游手則未必。你眼前那手可能是外科主任的手，也可能是大律師的手，更常是設計出知名建築的手，不分大小，人人都只是愛筆人。

我曾在廣告工作上，遇見掌管幾千億集團運作的統一集團前總裁林蒼生先生，那次我遇上的林先生是位哲學家，他不在意我的資輩晚淺，肯在會議上跟我討論存在主義，甚至能就近代哲學思潮作對話，且你來我往的語鋒四射，讓我在會議裡激辯對招的同時，卻又心生敬佩，這位企業家的人文素養，已臻學術等級，也因此，無論是生意或是創意，我都親沐這樣的長者許多慈光。

有個小插曲，後來我在某家小廣告公司短暫打工時，遇見一位台北出身的總經理，他在公司內部針對南部一個大型購物中心的比稿會議上，大肆批評南部人不懂文化、沒有素質，所以只要給南部人品味較爛的廣告就可以了。那當下，某些同事不置可否或不便回應，但我客氣地請教他，是根據哪一份對不同地域消費者的調查報告而有的見解，為什麼有這樣的判斷？沒想到，他的回答直白到讓我傻眼：「因為我覺得南部人很『俗』(sông)。」

我說：「可是，大家都喜愛，覺得很優雅甚至在華文地區有許多人讚揚的左岸咖啡館，這品牌正是你口中很『俗』的台南人所建立的呀。」而那位建立左岸咖啡館品牌的台南人，若沒記錯，就是林蒼生先生。

衝突若是利益的爭奪就算了，因為利益會依照熱力學的原則，在達到平衡後停止混亂。但真正的爭端，其實更多時候是來自偏見，這就有點可惜了。

更有意思的是，台灣那麼小，常常出國時，我都得費盡心力跟人解釋台灣在哪裡、是怎樣的地方，台灣那麼小卻還得去區分南部與北部，會不會也有點奇怪呢？若真有劇烈的差異，那不也是我們應該設法去拉近弭平的嗎？

當初文寶房的設立和林蒼生先生很有關係，他自己是個愛筆人，希望這種文化活動可以在這城市有更多的發展可能，於是多所鼓勵，並在各種層面上給予建議和協助。於是，幾年後，這城市有一個這樣的文化聚落，甚至連遠在德國的鋼筆大廠都知道在遙遠的太平洋中有個島上的小城叫台南，那裡有許多愛筆人士。

與其埋怨自己所在的環境黑暗，不如自己動手點亮一盞燭光，一盞燭光可能不會很亮，但在黑暗裡會很亮，而且愈暗愈亮，而光可以吸引更多人，最後成就光明。

噢對了，印象中，那位認定南部人很「俗」的總經理，沒有比到那個稿，雖然靠家族股分坐到那位子，但印象中沒做出任何令人驚嘆的案例，就消失在台灣廣告圈裡了。

三合院裡的小提琴演奏會

試著想像，在昏黃色的燈光照射下，斷瓦的圍牆裡，三合院正上演著一場小提琴演奏會。演奏的都是媽媽，她們一臉專注，按壓琴弦拉著琴弓，而一旁專心聆聽的都是穿著輕鬆尋常打扮的家人，孩子來回在花叢間奔跑著，樂音流洩。要不是三合院，你真會以為這是歐洲。而這樣的場景，每個禮拜都在台南上演。

我有個朋友，原本在新竹科學園區上班，就是一般人說的科技新貴，結果公司將他調職到台南科學園區，原本也辛苦工作的妻子，因為想說台南物價低，就乾脆回家照顧孩子，幾個月後我遇見他們，他們竟然都去整容了。好啦，不是真的整容，他們不是去台北忠孝東路復興與敦化之間最多招牌的醫美診所，但整個人就是不一樣了，就是人家說的改頭換面，笑顏逐開。

我說，發生什麼事了？他們說，台南沒有帝寶，但有許文龍。我一問究竟，原來，妻子去學小提琴。我說，學小提琴？不是很貴嗎？他們面帶微笑地說，在台南，如果你想學小提琴只要去文化中心登記就可以，不必花費太多，因為許文龍的奇美企業都有補助，只要你想學，就有人教。

他們說，幾個月下來，你不必每天看到有人炫富，只會看到大家彼此分享音樂，當然就快樂了。知足常樂呀，我們小時候不是都有學？我的這位媽媽好友，不但自己每週表演，後來婆婆也一起去，婆媳開心地學習，不但沒有婆媳問題，還一起受邀出國到日本表演。這如果不是天堂，哪裡是呢？

台南近代地方上知名的聞人，承襲這股文風，低調不浮誇早是共通個性，甚至多少有些趣聞會傳出。據說許文龍就曾說過：我賺再多錢，飯也只能吃半碗，睡覺也只睡一張床。因此他比較在意自己能分享什麼，會彈哪些樂器，會演奏哪些曲目，更愛在週末時邀請家族成員到府舉辦音樂會，你拉提琴、我彈鋼琴、他唱歌，全家互娛。還有，他甚至願意將收藏價值數百萬的名琴，免費借給學習音樂的年輕學子。許文龍說，這樣台灣的學生出國努力學音樂，就不必怕被嫌棄樂器太差。

有則新聞，有位女留學生跟奇美基金會借了把造價兩百萬元的義大利名琴。小留學生生活簡單辛苦，每日就在學校和住處來回，沒錢買車總是搭巴士，一次在大風雪中，練完幾小時的琴後搭車，在車上睡著了，下車後疲累不堪地返回宿舍後發現，琴竟因為太累弄丟了。當下，找了幾回都沒著落，緊張害怕、焦急地哭著打電話回家。爸爸也嚇傻了，兩百萬元不是小數目，家裡經濟為了供這孩子學音樂已經十分吃緊，哪還有錢賠得起呢？爸爸也很緊張害怕，著急通知奇美基金會。奇美基金會層層上報到許文龍，許文龍知道後也很著急。他著急地交代說：「趕快跟那女學生講，下禮拜就會有另一把琴寄過去了，叫她不要著急。」

聽這新聞，我也跟著心驚膽跳、手心直冒汗。還好，那把琴在幾天後被尋獲；還好，台南有許文龍這樣的人，而這城市追求的東西，甚至空氣，就會不太一樣。

手上拿筆、擁有知識的人應該不是去想要如何剝奪別人，而是如何跟別人分享，在台灣帶點紛亂的現在，更有感受。

手上那筆的意義

有時看著手上的筆，我會想起國小的事。

坐在我隔壁的女同學，家裡有兩個弟妹要照顧，經濟情況也不允許她們家付額外的費用，因此無法去補習。儘管她家就在老師家的巷口，但她無法到老師家跟我們一樣坐在窄窄的木頭桌面後，聽老師一題一題教她在學校沒教的各個科目。因此她考試成績無法太好，因為太多題目是老師在家裡教的呀。

老師要求考第一名的我坐最後一名的她旁邊，美其名是可以互相感染，甚至說我可以教她功課，但下課鐘聲一響我就衝出去玩到最後一秒，而上課又不可以講話，我到底要怎樣教她呢？還有，教她為什麼會是我的責任？難道不是每次藏私到家裡補習才教的老師該做的嗎？

回想起來，老師還會帶頭叫全班用言語欺負她，那時不懂，現在才知道那就是霸凌，現在每個小學生都了解，掛在嘴邊的字眼。老師總會說：「某某你不能考好一點嗎？老是最後一名，衣服又沒洗，髒死了。」現在想，我應該回老師：「根本不可能，你考的都不是在學校教的，而且任何班級都有最後一名，跟第一名的我一樣，沒什麼了不起的；還有，她衣服都自己洗，她弟弟妹妹的衣服也是她洗的，比我們乾淨多了。」

我常常後悔，要是我那時不是袖手旁觀，而是可以幫她一點點，會不會有點不一樣？會不會因為有人提出，老師和同學就稍稍收斂，甚或有所忌憚，就不會全班起鬨一起傷害她呢？也或許，我的冷眼旁觀，才是對她最大的傷害，多麼平庸至極的邪惡。

長大了以後，我發現我們並不是真的有什麼為正義拋頭顱灑熱血的機會。牛活的真實樣貌，反而是在會議上當你看見同事被老闆推諉責任，以莫須有的罪名攻擊、被其他同事奸險的惡意攻訐，或者被客戶用不禮貌的話語羞辱時，你是選擇別開臉，讓視線下垂落在自己眼前？還是輕聲細語地為其辯護給予聲援？

我們不是沒有機會扮演正義之士，只是覺得正義不是我的事。

當然，在那當下，誰都會害怕，你得扛起眾人的壓力和團體可能的攻擊。所以，我更加尊敬馬克吐溫，在那個三K黨當道的時代，能用自己的筆寫出趣味詼諧，但卻表達對奴隸制度厭惡的故事，隨著時間過去，那些壞人被歷史湮滅消逝了，而有趣且有意義的故事留下來了。

這就是筆的意義。現代紳士的劍，當代俠客的刀，無論雌雄。

我有過很多次當好人的機會，我希望我以後可以多少好一點點。

鋼筆都微笑了，你還有什麼好哭的

可能你會誤以為鋼筆是個高價昂貴的興趣，其實不然，你知道「微笑鋼筆」嗎？我第一次見到微笑鋼筆的時候，笑了出來。「好可愛的鋼筆，是給小孩子用的吧！」我笑著說，結果真的是。

在法國，這是每個孩子學習寫字的第一枝筆。筆身色彩鮮豔，重量恰當不會造成手部過度負擔，而且在筆尖上有個可愛爽朗的微笑，讓人愛不釋手。

儘管法國人對自身文化是驕傲的，但這枝被許多學校採用為學齡兒童人生的啟蒙筆，卻是來自日本。日本近年來對於造筆工藝的努力，是舉世皆知的，三大品牌白金、寫樂和百樂，都不斷地在書寫工具上有很驚人的成就。尤其更叫人喜歡的是，他們不覺得他們在做一個生意而已，他們覺得這和人類的文化有關，只是剛好這文化是可以賣錢的。

我想，這在觀念上，就有很大的不同。我遇過很多朋友想要做文創，問他想做什麼？他的回答是都可以，只要會賣錢就好。這答案說起來對也不對，頂多算是半對吧，當然應該要追求賺錢啦，不然怎麼稱之為產業？但是，如果你的出發點只有賺錢，恐怕會賺不到錢。因為你這樣跟一般的商人沒什麼不同，可別瞧不起一般的商人，他們每位可都不一般呢！不管是原物料成本、市場價格、上時、通路配送、行銷廣告、製流程控管，每樣可都是專門知識，沒有個十幾年無法累積上得了場的工夫，如果你以為可以隨隨便便就像一般的店家可以賺到一般水準的盈餘，那你的想法就太一般了。

所以呢？你一定要很不一般。

既然賺錢是所有商人最最基本的想法，而你又缺乏時間和經驗累積的基本功，那不要說勝出，光要進場角逐的基本條件到底在哪呢？答案當然是創意。也就是不一般的想法。這不一般的想法，讓你補足資金的短缺，讓你有機會面對經濟規模的不足，讓你有機會跟人稍稍可以喊個牌、較量較量，是的，我在說的不只是我們，也是微笑鋼筆。

既然高價市場已經有萬寶龍、百利金等知名品牌，百樂想到的是入門市場。而且更重要的是，當市場萎縮時，你就得自己來灌溉，因為文化會死亡，如果沒有人的話。我一聽，就懂了。對呀，若要有人，就要從最小的人開始，啊，不是小人啦，是說上帝最看重的孩童，讓他們可以在學習書寫的開始就能碰觸到鋼筆，這不是把市場的餅做大嗎？這樣以後就算他們使用大量的電子產品，仍能保有一點記憶，一些對書寫文化的興趣，一些靠自己創造的樂趣。所以，百樂鋼筆用較低的原料成本，用顏色鮮豔的設計，可愛地在筆尖上加了一個微笑的標誌，讓孩子們喜歡，並用較低廉的價錢，讓每位父母都有能力送給孩子一枝鋼筆。

只是兩個點加一個弧線，沒有太多的資源增加，多的是童趣的創意，沒想到就成為法國學童的第一枝筆，大家都稱它為「微笑鋼筆」。

最好玩的是，在我知道有這枝筆後，非常喜歡，出國到日本玩恰巧看到，隨手買幾枝，當做紀念品。沒想到，朋友們搶著要，一下子就被搶光，有意思的東西就是會吸引人，不需要多餘的行銷資源浪費。害我回來以後一直後悔沒有多買幾枝，但誰知道一群大人們會想要小孩子的玩意呀，實在好幼稚喔。

還好，現在台灣也從日本進了微笑鋼筆，甚至還有百利金的學習鋼筆，同樣也都是色彩豐富，造型特別，小孩子喜歡，大人看了就愛，加上價格可親，真的適合當做一趟旅行的小紀念品哦。

鳥筆，可一點也不鳥

德國做為現代工藝大國，還有一個筆的品牌大廠叫做PELIKAN，也就是百利金（好啦，真的不只這個，還有Faber &Castell和Lamy，但我實在篇幅有限嘛）。百利金因為品牌標誌是一隻鵜鶘鳥，所以有些筆友戲稱為鳥筆，和萬寶龍簡稱為龍筆一樣。

不過鳥筆，可一點也不鳥，這可也是德國工藝的一個強烈代表，以極度實用為哲學，百利金開發了很多至今不易超越的製筆工學。比方說，當你一段時間未寫，轉開筆蓋，隨手一寫，都能有源源不絕的墨水，較其他筆容易因為筆蓋與筆身的密合度不夠，而有所蒸發，這個設計確實有它獨到之處。還有，百利金的鋼筆比重配置，據說是最符合人體工學，無論你書寫多長或多短的時間，握筆的手都不會感到疲倦，並且可以輕易地寫出秀麗、壯闊的筆調，一如一開始。

現代的鋼筆活塞上墨技術，幾乎也可以說是由百利金發展出來的，其他筆廠起而效尤，才因此有現在我們可以見到的各種精品筆，這點幾乎可以跟汽車產業發明數百項專利的賓士等價齊名。

百利金的標誌是鵜鶘鳥，也就是傳說的送子鳥，原本是歐洲的一個家族的家徽。那這家徽的由來呢，其實還滿感動的，原來，鵜鶘鳥在照顧幼鳥時，若是遇上沒有太多糧食可餵食時，母鳥便會拔下自己的羽毛，並把自己身上的血給幼鳥吃，據說這也是沾水筆的由來。

所以，百利金的品牌意義，就是如同母愛一般，當你書寫出每個字，隨著墨水的流洩，就是一段愛的抒發。這故事如此美，但不知為何，當我聽到這番介紹時，不知為何會覺得皮膚有點痛痛的……。

人妻給北七的愛

我有一枝百利金烏龜筆，唉呦，又是烏，又是烏龜的，相信大家一定有點對北七我不耐了，但是，是真的啦。

這枝號稱「黑烏龜」的烏筆，是妻送我的生日禮物。非常好寫，我很愛在想不出東西時拿出來，也許隨手塗鴉，也許整理想法概念，它總是不讓我失望，因為有愛嘛。而且，就像世上沒有兩個一模一樣的玳瑁花紋一樣（是嗎？其實我不知道），我這筆身的烏龜花紋也是獨一無二舉世無雙，沒有重覆喔，也就像我妻的愛一般呀（抱歉，愛戀訊息置入）。

話說回來，這禮物來得讓我真的很開心。

小時候，媽媽就教過，人家送的禮物不可以嫌，我身為一個生日在八月的孩子，收過的生日禮物更是有限，因為暑假期間同學都沒碰面，更別提要送我生日禮物為我慶生了。這幾乎成為我人生成長背景中難得的陰影，以北七心理學來說，大概就是「禮物無法回收傷感症候群」，通常會影響到成人期的人際關係，普遍說來，有遇見朋友就過嗨的問題。

長大些，遇到妻的姊妹淘教導，只要收到禮物，在拆開的同時，一定要大喊：

「這是我一直想要的!!!」並且加上高八度的聲音，星星狀眼神緊盯禮物，並雙手拍掌，合於下巴，更是基本禮節。

沒想到，我真的可以收到一個「這是我一直想要的!!!」禮物。

原來，我早在幾個月前，就聽說了黑烏龜的上市，但是，由於十分特別，所以缺貨，心裡頭一直癢癢的，很想養一隻黑烏龜，但工作一忙起來就拋諸腦後了。因此當妻拿出小小包裝精美的盒子時，我仍毫無預期，心裡只想說今年的禮物好小一個呀，當然嘴巴可都不敢造次，恪遵母訓，保持三十度微笑上揚。直到拆開包裝紙，迎面是鵜鶘鳥的標誌，心想不可能吧，大概也會是別的百利金，畢竟，百利金生產的筆可是有幾百枝呢！殊不知，烏龜就在盒子裡笑我的迂呀，當我打開筆盒時，它仰著頭，對我微笑，得意展示它身上絢麗的花紋，我真的是樂翻了，馬上大喊：「這一直是我想要的!!!」

後來，我問妻怎麼知道我喜歡這枝筆？妻說，她並不知道啊。我說，那怎麼會挑這枝呢？妻說，想說我喜歡鋼筆，於是去店裡請對方介紹，對方拿出了幾枝，她看來看去，覺得這枝好看，便拿來當我的禮物囉。我說，所以你覺得最好看的，也正是我覺得最好看的，怎麼那麼巧？我們的美學品味一樣？

這再怎麼說，我覺得都有些神奇妙的意思在裡面，不然幾百枝選一耶，我從來就沒中過兩百元以上的獎呀！從此，當我想不出東西時，就旋轉這枝筆身，光線照耀在它的花紋上，隨著轉動的角度不同，便會迸現不同的光彩和顏色，十分美麗。而且，那不斷變化的暈采，總會提醒我，這就像人生一樣，在不同的景況下，仍要保持優雅的姿態呀。

講這段故事，不是為了曬恩愛，我是想分享一個可能性。

因為每年都會有生日，每年都得為你的所愛準備禮物，對我而言，這有時可比想一個五千萬的行銷案來得困難。畢竟，對方是特別的，而你不想讓對方失望，這每每總讓我傷神，更深怕讓對方傷心。

可是，如果你可以為對方培養一個特別的嗜好，比方說鋼筆，那麼難題就迎刃而解了。因為每年筆廠們都會推出各種限量或有紀念意義的新筆款，所以你就可以有源源不絕的創意和選擇，是不是很棒呀？

我就聽說，有位醫師夫人，固定每年在醫師生日時，送他一枝當年度的「文學家」系列，禮輕情義重，也剛好讓對方可以收集筆的同時，收集親密愛人的心意，可說是個延續性很高的idea呀。我也認識一對夫妻，每次去文寶房，都會遇上，男生是心臟外科的醫生，女生是腦神經外科，他們不單有醫學專業，對鋼筆的知識更比我淵博許多，總是可以幫我上課，跟我分享各種趣聞典故，想到他們平日既是伴侶，也是筆友，一定很快活。

我想，人和人的相處，可以淡如水，也能濃如蜜，但最美的是，你懂他、他懂你；你懂他的愛、他懂你的喜歡，彼此能有交集最好，沒有，但尊重更顯得美麗。

你和你的他，有個像我的鋼筆一樣的東西嗎？

手術台和鋼筆

我發現，只要稍稍改變一下書寫工具，也就是從手機、平板電腦和電腦，移駕到比較少碰觸的鋼筆後，就會增加許多樂趣。更讚的是，常常可以讓你逃出既定的牢籠，找到一些不同的靈感。

真的，你眼前的這本小書，其實就是結果。我常常用電腦寫了一陣子後，感到厭倦，不然就是又打開臉書，看一大堆近況動態，而我的工作都沒有動靜，只有眼睛變瘦而已。解決之道就是拿出我的鋼筆，翻開稿紙，好好靜下心來，緩緩地爬格子，慢慢把格子填滿，相信我，這絕對是種截然不同的創作過程。

我聽聞許多主任級的醫師都是鋼筆的愛好者，他們也有跟我類似的心路歷程，但偉大許多。原來因為過往從實習醫師到住院醫師甚至到主治醫師，他們每天都得寫大量的病歷，一個寫過一個、一頁寫過一頁，後來發現要是用一般的原子筆，很快就寫到沒水，又要再買，增加了塑膠材料的浪費，非常不環保。於是他們開始想到使用鋼筆，因為可以補充墨水，比較起來，真的少為地球製造一些垃圾。

而且，在繁重的值班醫務工作和少之又少的睡眠之間，靜下心來寫病歷，其實也是許多醫師唯一擁有的私人獨處時間，如何解決繁重工作壓力？用一枝好筆仔細地把病人的病況進展記錄下來，藉一枝精挑獨有的筆，創造出一個獨有的書寫空間，除了對患者的尊重外，也是對自己工作的一種尊敬。而在手術和手術間，見只筆友，動手寫寫字，聊聊關於筆的故事，更是幫助他們快速抽離高壓力的工作環境最好的解脫。

當然，現在許多醫院都已經電腦化，病歷也跟著改成用鍵盤輸入了。但是許多醫師還是鋼筆的愛好者，而且他們說，現在每次書寫的一筆一劃，都會回憶起那段辛苦的值班生涯，同時再次提醒自己不要因為職位高升，而忘卻當時對拯救生命的熱情。當然，對每位手術台上的病患也不會只有看到器官，而沒有看到需要用心照顧的靈魂了，我聽著主任醫師娓娓道來他和鋼筆的關係，都感動起來了。

到台南帶一枝鋼筆走

為什麼說到台南帶一枝鋼筆走呢？因為，在現在快速繁忙的資本時代，我們多數時候都得要講究效率，在尋求即時看到效果的同時，被別人追只好追別人，我們很容易就忘卻了屬於人的那一面。

對我而言，「台南」其實比較像是一種生活態度，悠然自在、充滿人味，你可能需要在其他城市討生活，無法完全站在人性的那一邊，但是，你可以到台南過個幾天，重新做人。而當旅行結束自這小城離去時，你需要帶個小物，一如這城市送給你的紀念品，紀念你是個完好的人，隨時撫慰自己，適時地慢一點，適量地文藝一點，許多壓力會被釋放，許多痛苦會被釋懷。

最美好的，是你和這城市的祕密，不需要跟別人說，你自己知道就好，你自己知道自己好多了就好。

鋼筆對我而言，是和台南類似的概念。不那麼追求效率，但追求平靜、自在和美感，還有被時間對付後還能擁有更多的剩餘。

話說回來，我總不好叫你帶份小吃，隨時從公事包拿出來吧。而鋼筆，卻能讓你在辦公室的煩囂裡，擁有自己的一方淨土，你緩步寫下完成工作上的需求，但同時照顧自己心理的需求。一手掌握自己的靜謐，一手擁有自己對自己的敬意，你有一點格調。

你有那麼點不同，你愛自己，你去過台南，你還記得那城的生活節奏，你可以和手上的鋼筆跳雙人舞。舞技如何，別人不必開口，至少，你還可以跳舞。

◇

願願，你以後也許也可以給自己找到一個和時代不太同步的興趣，那常常會有機會讓你平靜下來，不必每件事都跟人一樣，那反而會讓你有餘裕不必時時擔心落隊，因為你本來就不必站在那長長的隊伍裡。

我們當然都得要跟組織打交道，但沒必要一直逼自己完全地合拍，搞得每天好像站在平交道上。

適度地抽離，確認自己的樂趣所在，可能是比什麼都能安慰你，在這個必然會有更多意外的時代。

願願，你的興趣是什麼呀？

人生不一定要有錢，但一定要有趣哦。

其實，有錢但無趣，可能比沒錢又無趣，還窮酸呢，因為你竟不知道如何運用自己的幸運，對世界的資源運用來說，更是浪費。沒有創造，無法流動，任何經濟學家都會跟你說，這造成經濟的不發展。

有錢是為了要有趣，但沒錢也可以有趣哦，你看爸爸！

哈哈哈，自己說。

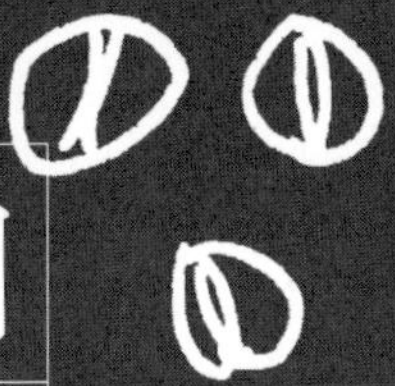

咖啡篇

在咖啡裡
發現的味道

◇

願願，

膩好。

我愛你。

這次要講一下咖啡，雖然你還不能喝，但天天看著爸爸喝，還會幫忙磨豆子，我猜，未來在你喝咖啡之前，就會幫我手沖咖啡了吧？

接著要講的事，跟喝咖啡也沒太大關係，只是有些是我去喝咖啡時想到的，就算你不喝咖啡也可以喔。

要不要來杯世界上最好喝的咖啡呀？

有次和朋友去拜訪一位女性長輩，那長輩曾是知名的服裝設計師，六十多歲的年紀，確實引領時代潮流，無論談吐見識，都叫人傾慕。

「要不要來杯世界上最好喝的咖啡？」長輩熱情地招呼我，起身就忙了起來。每天早晨第一個工作是磨咖啡豆的我來說，聽到這話，自然是興奮的。只是當看見她自身後扛出一大鐵罐，並自其中舀出一大匙粉末時，我著實驚訝。

一般來說，咖啡豆經過烘焙後，便達到生命的巔峰，最好在一個月內甚至兩週內喝掉，以免影響風味，而被磨成粉末的咖啡，更是已來到生命的盡頭，香氣不斷在這世上揮灑，最好在幾天內或者幾小時內喝掉，避免受潮變質。所以當我看到那一大罐咖啡粉，不免一驚心想這會影響風味呀，緊跟著再度驚奇，因長輩直接以熱開水沖入，未用濾紙。那當下我憶起曾有位土耳其朋友分享，他們的咖啡便是如此，在杯中放入咖啡粉以熱水直沖，未加過濾，便可直接就口，也就是在每口濃郁且滾燙的咖啡中，都能嚐到咖啡渣細粒扎人的口感。

當下，我只覺長輩見多識廣，連位處世界東西文明交會的土耳其文化都多所涉獵，心裡暗自佩服。這時只見長輩拿起大湯匙，一臉笑容，衝著我問：「你知道咖啡好喝的祕訣嗎？」我想了又想，不敢回答。既然長輩是在咖啡粉沖入熱水後，手拿湯匙才問，那麼一定不會是和咖啡原豆品種有關，一定是和沖泡手法有關，果然是懂土耳其咖啡的大師呀。到底如何才能萃取出理想的、最好喝的咖啡呢？是溫度嗎？我聽過熱水的溫度是得講究的，一不小心可能燙傷了珍貴的咖啡，但溫度過低又無法帶出咖啡的個性，無法引出它靈魂深處真實的模樣，所以水的溫度和豆子研磨的粗細，必須多所配合。

我避而不答，深怕在長輩前出糗，但長輩似乎不放過我，一臉笑意，眼睛看著我，手上的湯匙高高抬著，等著我的答案。

所有問題的答案，都在咖啡杯裡。

「是溫度嗎？」我怯生生地問。

「不是啦，是糖。」長輩滿不在乎地從身旁拿出一個大鐵罐，大湯匙一把就插了進去一舀，一大匙砂糖，就這麼落入我面前的咖啡杯中。

我心想，果然是土耳其咖啡。之前就聽說土耳其人喝咖啡，加糖是無比豪邁的，可連放三個糖包在一個小馬克杯裡，今天有幸親睹，待會兒可親嚐，我真是世上最幸運的人呀。

只是，長輩的手沒停，繼續往我杯中加糖，我聽著她喃喃唸著「這樣才好喝」，看著砂糖如聖母峰雪崩般落入，想著這樣真的可以融化嗎？糖不會滿出來嗎？邊想著，長輩已把咖啡遞來，我慢慢喝一口。嗯，果然好喝，土耳其咖啡真厲害，再喝大口一點，哇，真的好喝，只是不太像咖啡，比較像是在喝咖啡蛋糕且上面塗滿既甜又濃的奶油。把喝的東西變成吃的東西，土耳其人真不愧是學貫東西，西方世界的東方人，東方世界的西方人呀。

「阿姨，你這土耳其咖啡果然好喝，大概是我這個月喝過最好喝的咖啡。」我諂媚地向長輩俯首稱臣，大大拍馬屁。

「什麼土耳其咖啡？」長輩正色道。我嚇了一跳，難道不是土耳其咖啡嗎？這麼甜耶？

「是雀巢。」長輩一邊自桌底扛起那大鐵罐。

我仔細看，還不是咖啡豆磨成的粉，根本就是即溶咖啡，我土耳其個頭啦！而我肚裡的砂糖量大概夠讓一個糖尿病患者直接宣布，這是他人生的最後一杯咖啡。

享受文化差異的誤讀

有時我們對外國事物充滿想像，渴求奢望那不易抵達的美好，卻無視眼前如萬千煙花同時迸現的里鄰之美。

在自己的故鄉旅行是奇趣的，我依舊想念那杯土耳其咖啡（雖然不必再來一杯），除了熱量過分充足外，人情味也是，多的是長輩厚愛，更讚的是能讓我們思想更多，而那不就是我們喝咖啡的原意嗎？

沒城府的美國小說家在府城

某次，我和妻接待自美國渡假雪景勝地亞斯本（Aspen）而來的一對夫妻，先生是位沉默寡言金髮碧眼的美國小說家。這是他們首度造訪台南，風雨交加中，在去喝咖啡前，我們去了幾處無人的景點。

彼時，我已數十年未踏入正殿的孔廟裡，我以極度蹩腳的英語，試著翻譯牆上那巨大的、由趙孟頫抄寫的「大學之道」。在一連串如洋蔥般迴圈式的演示裡，為了說清楚孔子到底在講什麼，而以和門庭外狂洩驟雨相仿的語量，大肆淹沒他的耳膜。我一句一句翻譯著，彷彿回到國中的中翻英試題，認真作答，突然間，我意識到孔子其實也在亂世中安身立命，他想出的那些道理不該只是拿來換取聯考分數的無用字句，而是極為實用的人生哲學。那當下，我真想打自己的腦袋瓜，過往的記憶背誦，竟顯得小氣無比，無處可去。

小說家閃動他深邃的眼睛，凝視著一片片巨大的匾額，甚且注意到其中有面竟在金字底有黑色的龍被繪製，黑龍？那可是我從未注意也不了解的，竟在一個科羅拉多州來的小說家眼中顯像，也是奇幻。

我糊里糊塗、莫知所終的翻譯聲在門廳中迴盪著，我猜，有許多地方孔子應該都很想顯靈親自回答，並且一邊由上而下甩我後腦杓個巴掌（孔子身高近兩米，不是嗎？）一邊向著遠來的客人大談他自己周遊列國的見聞，最後大概也會來句「有朋自遠方來，不亦樂乎」吧！有趣的是，在朋友聽了我精確度不到百分之一的「大學之道」後，深覺這也是國家領導人該熟習的思想體系，他忍不住問我：「這是你們幾歲學的？」

「大概十幾歲出頭吧！」我答。

「那麼早？」他有點驚訝。

「是呀，所以我們大部分的人都忘光了。」我害羞地答。

我想，我的回答當然是不正確的，在青春未至之前讀聖賢書自然是好的，問題可能出在我們的讀法，更糟的是，我們在成績出來後，就把那些字句當過時的廣告丟棄。

講著孔子的教導才猛然發現他理想中的君子，根本是文武雙全，又會樂器還能跳舞，騎馬技術一流，文筆好之外，真要論起武術、戰術更不輸人，哪像我們手無縛雞之力，腳連要追上雞都有天大困難。

原諒我的不倫不類，我講到後來，竟舉了達文西當例子。我說孔子理想的典型不單是哲學家或皇帝，而是時代各項知識技藝道德的全知通才型人物。不是嗎？詩書易禮樂春秋，連喝酒都有教耶，「君子無所爭，比也射乎，揖讓而升，下而飲，其爭也君子。」君子只比射箭，射箭前互相禮讓，射完後互相請對方喝酒，彼此摒除場上之爭，把對方當朋友，這種風度，我們現在別說政壇、商界，連體育賽事都不容易呀。

再講回達文西，為什麼提這位《蒙娜麗莎的微笑》的原創者？因為他也是時代通才呀，又會畫，還懂解剖，最妙的是還能設計直升機，還有攻城的投石器，真夠強的。不過孔子也不弱，古代的六藝禮、樂、射、御、書、數，也包含了工程學、馬術、箭術、書法、音樂，隨便一位孔子弟子，在我們這時代，大概都會被當偶像崇拜，比什麼富二代、官二代厲害多了。

首先，待人以禮，當然不必說，但這可不是只講話客氣、服務態度而已，說的更多是人與人的交往，還有人和環境的關係合不合乎禮數。

倘若歐洲的許多咖啡館是人文思想的交流地，台南的咖啡館在這點上也不落人後，你絕對可以和每位店主人就各項議題對話，不論立場為何，他們有觀點、對世界有看法，更願意參與各種NGO活動。獨立思考，問題不在你有多少能力，而在你是否參與？當你拒絕擔負社會責任，拒絕停下腳步思考，只想顧好自己的荷包，那麼許多社會亂象發生時，你也得一同承受那因未參與而產生的苦果。

自掃門前雪，絕對不會是孔子教我們的。他所有教導都在培養一個高度參與社會責任的君子。

給你有格調的咖啡，但你得先是個君子

「禮」與其說是禮貌，不如說是禮節，我覺得我們和自由之間常採取一種不太理想的距離。

你可以喝咖啡但你不能打擾人，尤其是喝咖啡的人。咖啡很棒，人更棒，你得記得這點，不然你可不一定值得喝這杯咖啡。

常在台南看到汽車違規併排，甚至三排，尤其是在某些排隊各店前，狀況更加嚴重。台南路不寬，主要道路的東西向動脈，基本上扣除路邊停車格，就只是個二

點五線道，被違規車一擺，立刻動脈阻塞，宛若中風。台南人口數不多，且多騎機車，塞車十分罕見，而那不便，所有人都得承擔，不分在地外地。

當然，許多人常以為南部交通規則只是參考用，不過那真不是多數人呀，我們一樣該譴責這種不守規矩的行為，真的是濫用自由，造成他人危險。我鼓勵大家到台南，心情可以放輕鬆，但該有的禮節也別輕易拋棄了。

話說回來，店家絕對有責任。你贏得了名聲，你賺得了金錢，卻賠上鄰居的尊重，還有你熱愛城市的美好面容，這絕對是筆賠本生意呀。那該怎麼辦呢？凡事都有節度，這才叫做禮。

許多咖啡館，便有君子的做法，他們要求客人把車停到停車場，其實，即使違規停車，警察也不會即刻前來開單，但法律只是最低的標準，咖啡館主人不想自己生意昌隆，卻成了妨礙靜謐里鄰的破壞者，寧可多花些心力，少了客人，卻贏得尊敬。常可看到店員站在咖啡館門口央請客人把車停到指定區域，溫文有禮，這才是真正的「以客為尊」呀。

讓客人多花幾步路力氣，避免被冠上惡客臨門的惡名，我深覺這才是格調，讓你的客人不只舒服，而且不因來你的店而成為一個不好的人，讓自己先贏得尊重，再贏得金錢，我深覺，這才是亂世中安身立命的方式。

改變環境的最好工具是音樂

六藝中的第二項是「樂」，也就是音樂。覺得沒有咖啡不能活的人，恐怕也會同意沒有音樂不能活，許多咖啡館的音樂成為重要特點之一。事實上，音樂也確是人類記憶極為重要的一部分。我每每記不住人名，但總有些旋律在我獨自跑步時襲來，宛若洪潮般一發不可收拾，萬千影像在這音樂聲裡自墳墓爬出，攀上我肩膀，抓住我的頭，猛朝我的耳朵絮聒。

有些電影導演習慣先找到一首歌，然後開始構思劇本。我不是，但我和許多咖啡館主人一樣在意放的音樂，我喝咖啡，但無法分辨好壞；我聽音樂，但無法分辨好壞。我只能分辨對方是否用心。

你說，這會不會太嚴苛，咖啡館主人得懂音樂？說來再怎樣，這音樂也不會是他做的，不像咖啡有製作手法好壞，何苦相逼？噢不，如果你也這麼想，那是我讓你誤會了。其實，人與人的交往是微妙的，多數時候無法量化，真正高段的，是如同捕蚊燈，人們理解那若經過計算是不合算的，比方到咖啡館喝一杯咖啡，但又非得去那，彷彿被奇妙莫名，無以量化的吸引力所推引，宛如月亮能改變潮汐，這麼遠距且無形，在孩子眼中帶點神祕氣息的攫住，而對孩子又是那麼容易理解的一如心愛玩具的吸力，比方到咖啡館喝一杯咖啡，竟只為了自己iPhone裡也有的音樂。是呀，愚蠢至極，但仔細想想，又有道理到極點。

「我家有咖啡機，那到底為了什麼要去咖啡館呢？」這應該是每位咖啡館主人要思考的，只要喜歡喝咖啡的人，家裡通常都有咖啡機，甚至也買極佳的莊園豆，換言之，光提供優質的咖啡，已構不成基本要件了。台南的咖啡館主人們，深明這道理，或許也來自於他們多數不是典型的咖啡館主人，他們許多都是經驗豐富的咖啡館客人。

之前去晃蕩孔廟時，看到滿滿的樂器，想到過往對一位君子的要求，也包含演奏樂器，而如今我們現代人和音樂的距離漸遠，也因此更得靠特殊的場域如咖啡館來補足，也因此，一個理想的咖啡館主人勢必得有不同一般的音樂涵養。他們在生命中砥礪，創造看不見、無法計劃但卻存在的力量，說得好像原力，也好像原力一樣的充滿神祕及吸引力。

願願，我跟你說個祕密，為什麼每天早上爸爸一起床就要放音樂呢？因為我想要改變世界，而音樂是改變你所處世界最快的方式。

像今天我們吃早餐時聽的是德弗札克的音樂，是不是就有種再發現的新奇快樂感呀？那不是也讓一天的開始有了嶄新的期待感嗎？

讓一時就是好幾年

曾有個咖啡館，小而溫馨的一樓，花貓自我腿前走過。吧台緊鄰店門口，音樂聲中，我瞧著眼前的黑板上Menu；音樂聲中，我移步經過兩張咖啡桌，緩步踩上磨石子樓梯，在中段透過意外出現眼前的窗戶，看出去是NBA七呎長人中鋒眼中的風景，吧台在我俯看的視角裡，自在安靜地倚靠客人放置其上的手肘立著。循階而上，眼前大亮，一切物事都成黑色剪影，我想像中天堂的光調就是如此吧，因那盛光極度光明，我們世人便在那照耀中都平等了，沒有不能被他人聞知的醜陋細節，只有光爬梳勾勒的線條，最卑微的也尊貴了。

音樂中，我選了張單桌，簡單的銀行燈。倚靠著牆和我同坐，我前方一位仁兄安靜地和他的書結成一幅畫，微微動作，如哈利波特的動態海報，在音樂中。是呀，我才意識到這首曲子是Damien Rice的〈The Blower's Daughter〉。那麼熟悉，那麼遙遠，那麼熟悉是因這是我和妻的歌，Our Song，在結婚典禮中我們踩著這首曲子進場；那麼陌生是因為幾年過去，我們頗少聽這首歌，儘管每天帶著這歌走進走出，日出日落。

我坐在咖啡館的二樓寫著，我的妻和介紹我們來的小說家黃崇凱，此時也和譯者楊芩雯小姐在一樓工作著，我自願被隔離，以免我不斷找人聊天影響他們寫作。我們都在同一個空間，又不在同一個空間。音樂似絲流瀉著，公平地滑過每個人的耳膜後，又流向下一位，而奇妙的是，它並未因此減少那帶給人的愉悅。就跟書一樣，你能夠大方和人分享，而你卻不會短絀，那種愉快甚至可能在分享間倍增，這點說起來就比金錢高明許多。

我們都在同一杯咖啡裡，又不在同一杯咖啡裡。

啜飲著檸檬咖啡。在南國大方無比的豔麗陽日中，驚覺咖啡特有的酸味竟和檸檬如此搭調，某種程度還有點靈媒引出你未知物事的神祕感，有點像「哇塞你也認識他噢」的感覺，原來我分別喜歡的好朋友A咖啡和好朋友B檸檬，竟在另一個時空也是極為談得來的朋友，而這不是件非常快樂的事嗎？

咖啡在冰塊尚未融化完全前便被我啜飲而盡，我想著，生命的過程，有時像咖啡一樣，你們可以點同一種咖啡，但你很難或很少和好友喝同一杯咖啡。不像冷飲，你們會盡情痛快地在炙陽下球場邊分享一瓶水或其他清涼飲料，而咖啡的苦澀甘甜，都得自個兒承受，一如人生。

有趣的是，人們會聚在一起分享咖啡對自己舌尖的意味，同一種豆子，竟也能有不同風味感受，不也如同人生際遇，個人修為感動多有不同。

在這空間裡，咖啡香流竄的，公平一如自大面窗格間透入的日光，平靜安心明亮。但此刻我們四人各據一方，面對眼前的電腦、稿紙各自奮戰著，一語不發，深怕打斷對方思緒，嚇走害羞的謬思。正如那句話怎麼說來著——就算結了婚，躺在床上，還是兩個人——自己的作品自己救。面對自己的人生和自己的咖啡一樣，能品嚐出況味就品嚐吧，不然，再苦也得自己吞下去，不關別人的事。

不過，有很多事關別人的事。

是的，咖啡館就是個若即若離的場域，那麼清晰、那麼模糊、那麼輕盈、那麼沉重、那麼粗魯、那麼細緻，肌理一如生命其他值得記住又不足為外人道的東西。在這裡面，我們用音樂搭建記憶的鷹架，讓人快速攀上沉默於雲海中的海市蜃樓。

腳步踏穩，自以為登黃鶴樓，目光遠眺，望見多年前的自己和多年後的靈魂，而音樂就是這場未來降靈會的靈媒，不支取分文，只參與不付出，只陪伴不談判，只支撐不裝潢。

你在這咖啡館裡，因為多年結識的音樂，重拾自牛仔褲破掉口袋中遺失的苦澀咖啡渣，在掌心搓揉，以體溫加溫，以旋律辨明來時路，或在雜草叢生間望見自己的陵墓。

在人生裡射箭

六藝的「射」，讓我想起曾經在射箭場的日子。

大一開學沒多久，我和室友王祖輝在學長邀約下去到射箭場，緊鄰海濱，倚靠峻嶺，正所謂「前有照，後有靠」，乃風水之地，兵家必爭。我瞇著因早起而睜不太開的眼睛，看著空曠的場地，什麼也沒有的荒地上，遠遠的有兩個巨大圓盤立在架子上，風呼呼地吹著，湛藍的海就在一旁發出唰啊～唰啊的音聲，不仔細聽，會覺得很像台語「結束吧」，我想，我聽到的八成是自己的心聲。

一旁一個貨櫃，外表飽受風雨侵蝕而斑剝，搭配一旁只有裸露岩石和間或冒出的野草，我覺得這裡看起來比較像殺人棄屍的砂石場，要不是武藝高強的王祖輝在旁，我早就落跑了。啪地一聲，那藏屍或存放溶屍酸液桶的老舊貨櫃門打開，一高一矮的兩位學長扛著巨大的弓，咧嘴對我們笑，那種饒有深意的笑，老實說，很像兩個變態殺人狂魔。我和祖輝，只敢傻笑。

「請問學長，這裡是射箭場嗎？」我看大家都傻傻笑，彷彿這個笑好像會到天涯海角去。

「對啊！」較矮的學長笑咪咪地回答。

「那，只有我們嗎？」我講完，看看四周。

「沒有啦，其他人還沒來。」另位高壯的學長繼續接力似地笑回答，那種笑要不是我知道他是大學生，不然雖然風光明媚，但分明就是《驚魂記》的櫃檯老先生呀。

後來，我一直一直試著理解一件事，學長不會騙人，其他的社員只是還沒來，只是我們還不知哪時會來，學長從來不會騙人的。先不管那些我後來也沒有福氣見到的社員，也先不管射箭場上要嘛颳風要嘛大太陽，射箭其實很好玩。

首先，要先學轉腕，就是你把非慣用手（一般人就是左手）伸出，放在牆上，然後有意識刻意地把前肢轉動，但維持手掌在牆上的位置，這動作做來有點蠢，但確實必要，為的是在拉滿弓放開後，彈回去的弓弦不會以高速劃傷你握著弓把的左前臂。簡單說，就是不要羅賓漢在射出箭的同時發出大叫聲，抱著手低聲痛哭。說起來，那陣子，我喜歡羅賓漢，真是因為射箭社呀。

不過，那也讓我意識到，原來當你要把箭射向別人，你必須先改變你既有的手腕，放棄你慣常的思考方式，犧牲掉你放鬆自在的習慣。

我想，每位咖啡館主人也都在這樣的狀態裡，開咖啡館一定不會只想賣咖啡，更多時候是想把自己的生活哲學射出去，而當你目標瞄準別人的腦袋時，你勢必也要付出不少的代價。

書寫你的人生標題

「書」，當然原指書法，不少咖啡館便充分利用文字，在各處表明觀點和立場。有些在廁所裡，書繪了關於美麗灣環境議題的重視，在電燈開關上貼了「當獨裁已成事實，革命變成為義務」，在隨處的角落張貼細小但明顯的「停建核四」文字。當然，不同立場也絕對可以喝咖啡，別怕會被下藥，若覺得喝起來苦，便一定是飲者自己的心理作用哪！

咖啡館與書的關係，當然密切無比，且古今中外皆然。我們去巴黎咖啡館，不都為了一點海明威厚實手掌貼過的桌子嗎？在台灣過往台北有明星咖啡館，幾位詩學大家在那發光發熱，儘管隨著周夢蝶羽化成仙而灰飛煙滅，但那文風依舊在，只是往南吹去了。你知道，曾有一回，我細數眼前在咖啡館裡的小說家、翻譯者、文字工作者，竟有六七位，最有意思的是，沒有一位是台南在地人。在我小時候，總覺任何藝文活動都得往資源集中的中央政府所在地台北去，曾幾何時，創作者都被台北冷冽的北風吹跑，往南移居到府城吸收太陽能。

創作者說台南對他們可能相對的友善，光每天得面對的食衣住行育樂，物價的壓力便不若北部那麼咄咄逼人，尤有甚者，選擇多樣，物美價廉，仁心仁術。

咖啡館既然可以是書的子宮，讓眾多作家在其中孕育出它們的作品，可想而知，自然也該對於書的本身是相對友善的。

話說回來，我們多少得承認，我們一天可能喝上個一兩杯咖啡，卻不一定會讀上一本書，彷彿讀書是小孩子的事，我們一點也不需要。以前聽過個笑話說，爸媽叫小孩子去讀書，小孩子反問，你們覺得讀書這麼好，自己怎麼都不要？「因為我們把最好的留給你啊！」情急之下，爸爸只好這樣回答。結果媽媽還在旁邊補上一句，「運動也是喔！」這就是我們和這本書之間的關係嗎？哈哈（但你不一樣，你正在看書呀！）

或許，此刻你在咖啡館看這本書，那麼請你看看四周，有多少書呢？為什麼在這樣一個我們覺得咖啡香和書香如此搭配的場域，會沒有書呢？更好玩的是，有些地方還會有假書。這是我的觀察啦，那通常發生在連鎖咖啡館裡，你可以看到牆上會用卡典西德大圖輸出，印上些原文書的書頁，但一來不能讀，二來也讀不懂，純粹想創造一種假掰的氛圍。假文青不是不行啦，只是，我偶爾會想，不能稍稍真切一點嗎？又或者，擺書難道真會把客人嚇跑？若真的會，又何必這樣彼此欺瞞、自欺欺人呢？總覺得咖啡與書，真的是好朋友呀，沒道理不能在一起。

有時，我覺得找到一個對的地方，你就能在其中好久好久，好的咖啡館就是這樣一個祝福人的地方，而那祝福可以比中統一發票還多上許多許多。你可以在其中像個富者，讀喜愛的書，和喜愛的人聊天，並不時被音樂浸泡或沖擊，餘裕像《華爾街之狼》裡李奧納多隨手撒向半空中充斥於整個空間的鈔票一般，只是更加高檔。

我的意思是，該挑哪本書搭配哪種咖啡，本來就是讀者的工作，甚至是場咖啡館主人和客人的集體創作。

我在平滑透著西瓜般清亮的磨石子地板上，試著想看清因工作急快節奏而日漸紛亂、不再輪廓鮮明、知曉方向的我的臉，當然，是徒然的，我看不清自己。但還好，有時一本三四年前出版卻帶給我歡快經驗的小書，能邀我在墨黑般一如鋼筆墨水的咖啡中，重新看清自己的眼，或說，重新燃亮自己的眼神。

嚴格說來，咖啡館當然可以是不賣書的主題書店，它當然該是主人閱讀品味的延伸，也因此啜飲著店中的獨創，驚訝著水果的酸味和咖啡的酸氣，竟莫名其妙地搭配，也不禁喟嘆眼前滿目的書，不也是一種創作的再創作？

還有，在這極度重視貨幣單位的時代，我實在很想大聲疾呼，如果把眼睛瞇起來，只睜開一眼，仔細看著眼前合起的書，看著它的側立面，就是由一頁頁書頁組成的那一面，像不像，像不像一疊鈔票？若有人看到一疊厚厚鈔票會很興奮，那我要跟你說，書可以帶給你的感受會比這多上許多。如果你一邊喝著一杯咖啡，你就會清醒地知道我在說什麼，貨幣單位是為了讓我們去交換快樂的，你當然可以直接選擇快樂，而不是會因世界變化而貶值的貨幣單位呀。

親愛的朋友，寫到這，我真想跟你說：「保持連絡，保持健康。」和你喜歡的人、喜歡的事物保持連絡，並保持健康，好讓你們保持聯絡的時間長一點，而那才是人生的目的地吧，祝福你。

算算看今天完成幾件自己想做的事啊？

終於來到最後一段，你是否也有點惋惜不捨？但其實就如同好的咖啡一樣，餘味久遠始終是我們所在意的，人生也有類似狀況，無論短長，終究有結束的一天，但在最後的最後，如何令人懷念，絕對是真正要對付的題目呀。

「數」，就原初的定義，當然是指數學、算數囉，開咖啡館，就算再怎麼浪漫，其實還是個營生，總要能生存，才有法子營業下去，否則曇花一現，也叫文友們嗟嘆難受呀。我一直相信，創意很多時候能夠解決生意的問題，甚至能創造生意。而在文創已漸成時代中浮濫使用的髒字時，我想每位咖啡館主人都該有自己獨樹一格的創作想法，好在這驚濤駭浪裡自有一個桃花源。

對了，我一定要提一件事，我喜歡稱咖啡館的老闆為咖啡館主人。是的，不知為何，我總覺，開咖啡館，想賣的不只咖啡，想賺的也不只錢，除了賣給人們的是思想外，賺得的也有許多是形而上的，類似尊重這種東西。所以我喜歡稱他們為主人，他們與其說是老闆，可能更是主人，任意而為之，掌握自己的方向，把握自己的時光。

到他們的咖啡館，就是進入他們的腦內，那場域就算稱不上是個家，總是他們的地方，他們細心構築，延伸意志，主見就是一根根的棟梁，你走到裡頭，怎能不叫他們聲主人？就像我們到別人房間裡一樣，尊重總是個必要的起手式。是哪，他們才真的是「步由自主」的實踐者呢，我甘拜下風。

但愚拙如我，都知道要在這被高度控制的世界裡「步由自主」，得有想法加上做法。真正的夢想家，面對世界總是戒慎恐懼，比誰都清楚現實的厲害，因為他們的夢太過真實，所以我們可以看見，甚至可以進去享受，但也因為太過真實，所以非常脆弱，就像這世上所有美的事物一樣，得抵抗熱力學第二定律，都得付上代價，或者，比一般人更加懂得現實。

偉大的夢都要現實主義者來完成。於是，如何讓少得可憐的資源，用創意來呈現？便得精心計算，以致是否合算。

我這種喜歡泡咖啡館寫東西的人，但像我這種慢熱型的創作者，總是得花上一個多小時才能進入寫作的節奏，要是因為坐太久不好意思而換一間店，一切就得重來，情緒要重新培養。於是，為了達到我每次預定的書寫目標，也許是三千字，我通常會點到兩杯咖啡，店裡的小食也會點來用，這樣就可以讓我自在地從早坐到晚，以自在的速度，寫下一章。說來能讓創作者安心，也讓咖啡館有足夠的利潤維持，這不也是咖啡館創造的一種美好關係？

心中有數，不只是自己的字數目標，也該為他人留餘地，讓彼此的數目都有良善的增長，可能會是比較理想的環境關係吧。

◇

願願，爸爸算過大學畢業生活到平均餘命的八十二歲，只有二一九〇〇天，就算加上閏年，也就是二一九一五天。今天剛出生的小寶寶，也不到三萬天。所以，去計算自己今天想做什麼，比去算計別人會有價值很多喔。

你要不要算算看今天完成幾件自己想做的事啊？

我覺得具創意的計算思維，不但不現實，而且可以超越現實，讓更多夢想被真實的發生，還帶給更多人創作的可能，這應該也是孔夫子喜歡的吧。

願願，我胡說八道，講了這麼多，你覺得呢？

後記

在自由的風中

在自由的風中

冬日的早晨，我想喝咖啡，而且是好咖啡。

不，不是因為冷，太陽出來後，安平就暖了。

走出家門，我自以為帥氣地一手撐牆，另一手把腳上的鞋拉好，撐牆的手傳來磚牆上呼吸孔的質感。在安平，有可能某些磚頭呼吸了幾百年。

它們通常有種安靜但又引人注意的外衣，和一般磚頭相近的磚紅色外，彷彿為了低調，抹上了蚵灰，淺淡近似珍珠的白色。我幼時以為是糖霜，曾試著舔舐，一試卻是粗礪苦澀，和人生中多數看來甜美的事物一般，小心，會破舌的。

綠意是不缺的。

剛到台北工作時，聽說某區房價略高，不知原因，請教朋友，朋友說因為樹多。我點點頭，有樹是人權，反之，亦然。

就算在安平這樣的漁村，綠意也是標準配備，樹、樹，到處都是樹，我沿著巷子走出，迎面是安平古堡的尖塔，從樹葉間向我問早。我揮了揮手示意，緩步經過王雞屎洋樓，那華美的建築總吸引人駐足拍照，今天還有三位在寫生，他們帶著折疊小椅，躲在樹蔭下，因為不分季節，安平的太陽都很大方，我信步略過，正聽到其中一位貌似老師正指導著畫技，「它這個大門噢……」我聽到也只是笑笑，因為幼時家族長輩就跟我們說過，這一面雖然是高大宏偉做工精緻，但其實是背面，真正的大門在另一面，而且大小跟一般安平小巷內的人家一樣而已。大家誤會了。

我自然不可能多說什麼的，海洋國家的安平小孩不會也不肯隨意去糾正他人，世上有多少海水，就可以有多少種想法才是，我需要的是享受在葉片間落下的金色光線。

在古堡旁是個文物紀念館，一旁原本有個廢棄衛生所，多年前也已改變活化，不見了破敗氣息，我覺得很棒，因為再舊的建築都沒有安平古堡早，那麼，站在它身旁，到底有誰該散發出年老氣息呢？包含我在內，不都應該算是年輕人嗎？不都該把自己打理好，多少鍛鍊一下，散發出朝氣蓬勃的氣息嗎？哈哈哈，除非你有四百歲，不然，少在那倚老賣老，還賣不出去呢。

時間也是一樣

有時，我們會覺得自己投入了很多，怎麼都還沒開始回收，覺得浪費了時間。先看那是不是你想做的。

比起浪費了時間、金錢，浪費了「你」才恐怖。

如果，那是你想做的，那，你還可以做，你還可以在裡頭有角色，那不是該愈久愈好？哈哈哈。

接著會見到一面牆，這面牆極大，是以傳統蚵灰做法完成，而且年紀也極大，在台灣有機會成為牆的老大，據說，我的曾祖父就是在那牆下賣肉圓的。

沿著路走，會是一個緊鄰安平古堡的史蹟公園，裡頭有不少面鑄像，包含荷蘭最後一任總督揆一向鄭成功投降的圖，這幅圖後來也成為平路寫的「台灣三部曲」中第二本《婆娑之島》重要場景，發生的地點應該也就這裡。

我看了一下樹上的鳥，他們的叫聲不停，好像在笑我怎麼又停了下來，這杯咖啡到底幾時才能喝到？我只是在想，當年如此熱愛台灣捨不得離去的揆一，後來在阿姆斯特丹午夜夢迴，想念的是跟我此刻看到的一樣嗎？金色的陽光，在磚紅色建築灑滿，翠綠環境，飽滿的色彩，滿溢的生命力，幾乎填滿整個視窗，毫無一絲疲憊的跡象，一種迎面衝刺奔放的力量，彷彿憂鬱無力在這國度是種少見的傳說，不需咖啡提神也高度亢奮的喧鬧。鳥叫聲，似乎音量過大，卻找不到調節的鈕，只能忍著，被它浸滿全身。

愈在地愈國際

安平的多國文化交織，其實顯而易見，每兩步路，就是一個國家的洋行，我都笑說，我根本就住在使館區呀，德國、英國、法國，而我正要前去的咖啡館，在以前是美國洋行的舊址。

大家別小看這些洋行，以為又是個公司行號，在過去，他們可都是極高程度地代表國家，在這方圓一公里的小小安平，簡直如同聯合國總部呢。

說這也不是要說安平有多了不起，更沒有什麼長洋人威風的意思，只是偶爾遇到有人老愛強調要有國際競爭力，卻偏廢了對自己在地文化的了解，那非常可惜。

我有位歐洲朋友參與柏林的城市行銷，他常鼓勵我，他提到所謂全球化，意味著國與國的文化貿易，是種交換的過程，因此愈在地愈國際。你愈熟悉自己文化的內容底蘊，就愈有和國際市場談判的籌碼，因為那可以保證你的東西和對方不同呀。

他就提到英文再好，那要談什麼內容呢？難道跟歐洲人談歐洲歷史嗎？當然是台灣這塊土地獨特的文化政治位置呀，但如果你毫不熟悉，英文再好，對方恐怕也會感到索然無味。

從他的角度看，台灣做為海洋國家，當然要擁抱世界，只是擁抱世界要先擁抱自己，知道自己的美好，別人才懂你的可愛之處。

安平在四百年前和紐約同一年開港，原本就是面向世界，具有國際視野，只是有點忘記了。這樣的歷史，說不定不少人也不清楚，這不是有那麼點可惜呢？

安平追想曲小學篇

遠遠望去，在海和天的交會處，一個金髮女子騎在馬背上，如夢似幻，但仔細想，這在幾年前，同個場景也發生過，只是現在是安平的小學生。

多麼有趣，原本的小學因大量人口外移而尋求轉型，因此成為特色小學，重視和在地文化地景結合的教育特色，利用鄰近的海濱做環境教育、戶外課程，包含風帆、馬術，原本的廢校危機，竟創造了奇妙的轉機，我覺得這故事很能展現安平的多樣性，很開放，很安平。

自由匯流

把目光收回，眼前是小小的國姓爺雕像，就在小學旁，黑色為主體，加上金色點綴，十分特別。過往過度地從中原角度神化了鄭成功，但說真的，他和中原的關係不深，也就是中國沿海的海賊子弟，和日本的關聯也不淺，算是個國際人吧。今年也讀到他對於台灣原住民族造成的衝擊，於是，一個人變得立體化起來，有各種角度的面向可以思考，而不再只是單面偏狹迎合當權者論述方便的觀點，我覺得也是一種自由的展露。

看著一旁小小的石碑，標示著美國洋行的舊址，迎著鄭成功的目光，我向咖啡館主人點了杯非洲衣索比亞的耶加雪菲——一顆遠渡重洋的咖啡豆從人類起源的非洲，來到台灣，接著會在日本做的咖啡濾杯和電子磅上，然後化為液體，流入我這有荷蘭人和平埔族混血並祖上曾為鄭成功部將的小孩身上，我光想都感到有意思。

我們不必被誰轄制，我們是這麼奔放，是這麼慣於擁抱世界哪。

拍拍翅膀回台南：
給女兒與安平的情書

看世界的方法 264

圖文———盧建彰

全書設計——吳佳璘
責任編輯——施彥如

發行人兼社長———許悔之
總編輯———林煜幃
副總編輯——施彥如
美術主編——吳佳璘
行政專員——陳芃妤

藝術總監——黃寶萍
策略顧問——黃惠美．郭旭原
郭思敏．郭孟君．劉冠吟
顧問————施昇輝．林志隆．張佳雯
法律顧問——國際通商法律事務所
邵瓊慧律師

出版————有鹿文化事業有限公司｜台北市大安區信義路三段106號10樓之4
T. 02-2700-8388｜F. 02-2700-8178｜www.uniqueroute.com
M. service@uniqueroute.com

製版印刷——鴻霖印刷傳媒股份有限公司

總經銷——紅螞蟻圖書有限公司｜台北市內湖區舊宗路二段121巷19號
T. 02-2795-3656｜F. 02-2795-4100｜www.e-redant.com

ISBN———978-626-7262-87-0
初版———2024年8月16日
定價———380元

本書內容原為《總愛跑回台南去》（二〇一四）之修訂增補版。

拍拍翅膀回台南：寫給女兒與安平的情書 / 盧建彰 Kurt Lu 著—初版．—臺北市：有鹿文化，2024.8．
面；14.8×21公分—（看世界的方法；264）
ISBN 978-626-7262-87-0（平裝）

863.55 ………… 113009109